골목이 골목을 물고

골목이 골목을 물고

초판 1쇄 발행 | 2024년 12월 24일

지은이 | 최종천
펴낸이 | 황규관

펴낸곳 | (주)삶창
출판등록 | 2010년 11월 30일 제2010-000168호
주소 | 04149 서울시 마포구 대흥로 84-6, 302호
전화 | 02-848-3097
팩스 | 02-848-3094

* 이 도서는 2024년도 한국문화예술위원회 아르코 문학창작기금
  발간지원사업에 선정되어 발간되었습니다.

골목이 골목을 물고

최
종
천

시
집

삶창

시인의 말

부천에 살면서 인천에 있는 인천제철로 밥벌이를 다니다가 인천 송림동 산동네로 이사를 하게 되었다. 한 가지 기대가 있었다. 막상 어린이는 몇 안 되고 노인들만 많았다. 뉘엿뉘엿 지는 해 같은 얼굴을 한 할머니들 사이에서 참 평안하게 6년여 동안을 살았다.

부천을 떠나던 그때가, 살고 있던 주공아파트 가격이 급상승하던 때였다고 한다. 그런데 지금 들리는 말은 갈수록 재건축이 불가능하게 되어간다고 한다. 전국적인 현상이라고 한다. 나에게 아파트를 산 사람은 재건축을 기대하고 샀을 것이다. 재건축비가 급상승할 것이라는 상상은 해보았다. 송림동 빈집들은 철거를 앞두고 있다. 집 잃은 고양이들이 많다. 사료를 대 주는 데가 있어서 그런지 길냥이들이 모두 이곳으로 모인 것 같다. 이제 100년 넘었다는 쌈지공원의 은행나무도 많은 대추나무들도 고양이들도 이사를 가야 한다.

사는 동안 정들었던 사물과 사람들에 대한 기록이다. 여기에 거대담론은 없다. 소박한 시집이다. 시는 생활에 복무할 때 가장 좋다. 집들이 철거되고 나면 잡초가 무성한 동산이 되었으면 한다.

　대한민국은 부동산에 미쳐 있는 나라다. 그러나 막상
그런 생각을 많이 말한 것은 아니다.

차례

1
부

6년이나 살았는데

5년이라면 또 몰라, 잊을 수도 있지
무려 6년이나 살았던 동네를
포클레인의 이빨이 아삭아삭 식감도 좋은지
게걸스럽게 처먹고 있다.
허물어뜨리는 것도 아니고
그냥 베어먹고 있다.
청솔아트빌 주차장 한 귀퉁이
그 넓은 평상에 둘러앉아 목에 핏대 세우다가도
언제 그랬냐는 듯 깔깔 웃던 할머니들도
그 쭈글탱이 손에 쥐어지던 꼬맹이들의 손목도 눈
동자도
이젠 모두 흩어져버렸다.
아! 할머니들 뭐가 그리 좋으세요!
뭐, 좋은 게 따로 있을라고!
젊은 아저씨도 한 축 끼어 봐!
서로 얼굴 쳐들고 양껏 웃던 그 할머니들
이제 아파트 한 채씩 받아서 그 방에 들어앉아,
혹 우시게 되는 거 아닐까?

옛날에 우리 아버지가 서울서 보름 계시다가
자식은 자식대로 며느리는 며느리대로 직장 나가고
손주는 손주대로 취미도 다르고 할 일이 있어
말동무 없는 서울이 지옥 같다고
시골로 줄행랑치셨다.
하지만 또 모르지, 도시 생활에 맛들였다면
어찌들, 건강히들 사시겠지
그렇게 생각해본다.
무려 6년 동안이나 살았으니까,

송림동 91의 87 · 1

내가 살던 집 얘기를 또 해야겠다.
반지하에 뚱뚱한 엄마와 같이 사는 노가다꾼
그 위층에 아직 공돌이 생활을 벗지 못한 글쟁이
그 위층엔 참 잔꾀가 많으신 주인 할머니
앞에는 동네에서 제일 넓은 골목 삼거리
야채 파는 아저씨들은 반드시 여기에 주차를 하고
큰 목소리로 외친다. 주인 할머니는 이 방에
글 쓰는 시인이 산다고, 그러면 작아지는 목소리
할머니들 하나, 둘 나와서 장사꾼 아저씨와 말 따
먹기
이 말 따먹기가 아니라면 손님 없을 것이다.
그렇게나 할머니들 심심한 인생인데
말 붙여주고 농담도 하고 화도 내고 웃기도 하는
도대체가 얼마나 좋은 일이냐!

내가 살던 그 집은 이 동네에선 제일 높이 솟은 집
집도 자태가 꽤 멋져부러! 끝내준당께,
나는 장을 보고 오거나 버려야 할 책이나

종이 박스가 있을 땐 반지하 아주머니에게
모두 주어버린다. 시 전문지, 계간지도
쓰레기로 버려야 할 때는 참 좋다.
이 동네에서는 내가 제일로
책이 많이 들어오는 집이라고 한다.
그래서 나를 선생님 쯤으로들 아신다.
주인 할머니댁 손주들 다녀가면
날 더러 방 쿵쿵 소리 들리더냐고 묻는다.
요컨대, 공부에 방해가 되지 않았는지 묻는 거다.

저는 어린이를 좋아합니다. 뛰노는 소리 좋지요.
아이, 그래도 방해는 되지라요.
우리 큰놈도 학교 선생이래요. 중학교 선생.
그럼 그때 정중히 인사하던 그 사람인가 보다.
좌우간에 그 집 살던 6년여 동안 즐거웠다.

송림동 91의 87 · 2

내가 살던 집은 언덕에 우뚝 서 있다. 옆에서 보면
아스라이 올라간 좁은 계단이 뻗어 있고
반지하 위층 1층이라고 할 수도 있고
1.5층이라고 할 수도 있는 내 방을 나서면
보도에는 돗자리에 고추가 널려 있다.
이 많은 고추가 스티로폼 박스에 흙을 채워
거기다 심어놓은 모종이 자라서
거기 나무라고 해야 되나? 그 줄기에 열린
고추라니, 이 고추를 시장에 내다 팔기도 한다고 한다.
이때가 좋다. 고춧대 여섯 개쯤이야 따서
몰래 슬쩍 가지고와 된장에 찍어 먹는 맛은!
가지도 들깨도 참외까지! 한철 채소는 실컷 먹는다.
식물의 광합성과 번식력이 이렇게 좋다.
서운한 일은 살구나무의 열매가 나, 사는 5년여 동안
한 번도 노랗게 익는 것을 보지 못했다는 것이다.
누가 언제 어떻게 따먹는 것인지를 모른다.
살구가 그렇게 몸에 좋은 것인지도 모르고 있다.
다만 내가 추리해보는 것은 살구의

그 시큼한 맛에 침이 도는 것은
입맛이 떨어졌을 때 직방이라는 것과
그 신맛이 일종의 카타르시스를 느끼게 한다는 것.
그런데 살구도 잘 익은 것은 달다.
단맛이 극단이 되면 신맛이 되는 줄 알았는데,
반대로 신맛이 익으면 단맛이 되는군.
송림동 91의 87번지에 살고 있던 그 맛.

쉬고 있는 자전거

이 집 담장에는 자전거가 몸을 기대고
오랫동안 편안히 쉬고 있다. 참 편한 자세로
은퇴하신 것인가? 아니면 퇴출당하신 몸인가?
바퀴가 빵빵한 것은 아직 건강하신 몸인데
웬일로 쉬고 계시는 것이냐?
나는 그 자전거를 타고 돌아다니다가
정확히 그 자리에 그 자세 그대로
세워 두고 보는 것이다.
그리고 그다음 날에도 그대로 서 있다.
나는 또 자전거를 타고 골목을 돌아다니다가
그 자리에 세워놓았다. 여전히 그대로
자전거는 왜 안 데리고 갔을까?
도무지 알 수 없는 이유가 뭔가?
자전거는 두 개의 큰 눈망울을 가지고 있다.
모가지가 제법 길다.
무엇이 그리워 그토록
큰 눈망울을 굴리며 다닐까?
행복은 자전거를 타고 온다고

말한 사람이 누구더라?

그건 확실하다.

행복은 자전거를 타고 온다.

그 증거는 당신도 알 것이다.

전도관

전도관은 송림동 맨 꼭대기 정상에 있다.

그 아래 비탈을 타면 예수가

십자가를 지고 올랐을 골고다 언덕 같은 언덕이 있다.

전도관이 자리한 곳은 예수가 십자가에 못 박힌 채

두 명의 강도와 같이 처형당하던 곳에 해당된다.

그러나 송림동은 결코 가난한 동네는 아니다.

그 근거는 가지고 있는 차들이 나의 경차보다 더 크
기 때문.

겨울이 되면 가끔 학생들이

연탄을 날라다 주는 가스 배관이 들어가지 않은 집

저녁 늦게 이 언덕을 오르면 희미한 불빛들이

창을 통해 나를 힐긋힐긋 바라다보고는

무심하게 꺼지던 언덕

그 늦은 저녁에 나는 이 언덕이 골고다 언덕 같다고
생각했다.

지금 아무도 가난의 짐을 진 자는 없다.

부자가 되어 자가용에 트럭에 짐을 싣고 다닌다.

이 언덕길도 옛날에는 소들이 다녔다고 한다.

소가 지금은 자가용으로 바뀌고 전도관은 텅 비어
있고,

수고하고 무거운 짐 진 자들아 다 내게로 오라!

내가 너희를 편히 쉬게 하리라!

전도관에서 옛날엔 이렇게 설교를 했을 것이다.

우리 모두가 가난하게 살 수는 있으나,

부자로 살 수는 없게 되어 있다.

지게차 특급

김포공항 뒤 어디쯤 땅에 파이프를 박는
기중기의 시커먼 연기가 둥글게 둥글게
올라가는 걸 보고 찾아오라고 했다.
무작정 차를 몰았다. 집에서 5km 이내
김포공항 뒤편 둑길을 따라가다가
굽어져 들어가는 익히 아는 길을
드높은 기중기가 세워져 있고
엄청 큰 기중기 해머가 땅, 땅, 땅,
땅에 H빔을 박고 있었다. 그것만 보며 가는데
차가 앞으로 나아가지 않았다.
어디선가 지게차가 고성을 지르며
눈알을 굴리며 오더니
내 앞에 버티고 서서는 아니, 저쪽 옆으로 길이 있
는데,
이 길은 덤프가 다니는 길인데 오느라고 야단이오?
문을 열어보니 비 온 뒤라 차바퀴가 흙에
푹 빠져 있었다. 지게차 기사는
어디를 가느냐고 물었다. 나는 기중기를 가리켰다.

지게차는 그냥 차에 타고 있으라고
내 차를 뚝 떠서는 아예 기중기 앞에 가져다 놓는다.
나를 일로 오라고 한 가재민이가 보더니
죽겠다고 웃는다. 야, 참 형님 아주 특급이네, 거
히야! 지게차 특급이라니까!
곧장 작업반장을 만나고 얘기하고 일당이 정해지고
당장 내일부터 일을 하게 되었다.
현장은 이렇다.

홍미헤어라인

송림동 슈퍼가 대부분 망한 사정과는 다르게
미장원은 두어 곳이 철거 마지막까지 버티고 있었다.
홍미헤어라인이 그중의 한 곳이다.
이름이 멋있지 않은가 말이다.
홍미라니? 홍미는 주인의 이름일 수도 있고
바로 그 흥미로운 홍미일 수도 있다.
집을 나서서 30여 미터만 가면 있는
그곳에선 가끔 할머니들이 머리를 하고 계셨다.
들려오는 것이 더 많았다.
한바탕 크게 웃어보는 헤어 타임.
옘병헐 영감님도, 가끔 속을 태우는 손주도
입에 넣어야 할 안주 거리가 된다.
저러면서 얼마나 젊어질까?
상당히 젊어진다고 한다.
머리는 그냥이고 수다가 우선이다.
비발디의 음악보다 더 수다스러운
여름날의 오후, 마른 비가 지나가고
홍미헤어라인은 수다가 한창이다.

비발디는 생활을 사랑한 작곡가이다.
그의 수다는 생활을 묘사하기에 바쁜 음악이다.
인간의 생활이란 미생물들의 움직임만큼이나,
분주한 것이다. 그런 비발디의 음악을
수다스럽다고만 할 것 아니라, 잘 들어보시오
제발, 홍미혜어라인에서 흘러나오는
수다만큼은 아름다울 것이다. 들으면
젊어지는 음악, 홍미혜어라인의 수다
비발디의 사계 중의 열 번째 악장
알레그로 논 몰토, 빠르게 그러나
너무 빠르지는 않게, 꼭
홍미혜어라인의 수다만큼만, 하게.

고양이들!

철거가 한창인 골목을 돌아다니다 보니
고양이들이 많이 눈에 들어온다.
저 중에 몇 녀석은 이미
주인이 자신을 버린 거라고
눈치를 채고 미련 따위를 버린 놈도 있다.
고양이가 주인이 떠난 집을 지키며
주위를 배회하는 것을, 철학적으로
분석하자면 이렇게 된다.
고양이의 인식은 대상에 붙들려 있다.
대상으로부터 독립되어 있지 않은 것이다.
인간의 인식은 대상으로부터 자유롭다.
완전히 독립되어 있다는 것이다.
그러한 근거는
고양이의 언어가 비(非)분절음이라는 것.
인간의 언어는 분절음이라는 것에 있다.
그래서 인간은 자식도 버리고 죽이기까지 한다.
고양이 녀석들은 살던 집을 허물어버려야 비로소
떠날 것이다. 대상이 사라지면 자유로워지는 것이다.

그러나 결정적인 것은,

인간에게는 대상이 곧 존재의 전제라는 것이다.

전제 없는 인간의 존재는 불가능하다.

고양이에게는 그렇지가 않다.

또 하나는 인간은 죽음을 가슴에 품고 살지만

고양이는 그렇지 않다는 것이다.

인간은 반드시 죽는다. 죽음은 인간이 발명한 것이다.

고양이는 반드시 죽는 것은 아니다.

고양이에게는 죽음이란 개념이 없기 때문.

죽으면 무덤으로 쓰지도 못할 집을

다시 짓는 재개발은 도대체가

무엇을 위한 지랄인가?

고양이 홀로 남아

우각로 99번길 28 녹색 철대문 앞
까만 바탕에 하양 점이 두 개 박힌 고양이가
골목을 배회하다가는 그 대문 앞에 배를 깔고 누워
허망한 눈동자를 굴려보다가는 잠들곤 한다.
잠자다 깨면 또 골목을 돌아보고 거기 피곤한 몸을
누이곤 한다.
나는 또 굳이 시인이랍시고 그 앞에 앉아
야, 너 혼자 남은 거야? 어떡허냐! 하고 말을 걸어
본다.
고양이는 나를 한 번 치어다보고는 만사가 그렇다
는 듯
인간들 하는 일이 다 그렇지 뭐! 하는 눈치라
만져도 가만있는 게, 인간하고 어지간히 정이 든 듯
한데
정말 주인이 버리고 간 것일까?
전세로 세 들어 사는 집에 같이 살기 어려워서?
앞으로 이 녀석은 어떻게 될까?
그래도 고양이니까, 아무튼 사람보다는 나을 거라고

막연하게 생각해보는 것이다.

이제 인간 따위는 잊어버리고 야생으로 돌아가기를

아주 옛날 보았던 영화, 야생의 엘자

야생을 회복한 엘자가 새끼를 낳아

그 새끼들 데리고 같이 살던 사람에게 와 안기던

아! 그 영화를 생각하고는

야생의 본능을 믿어 보는 것이다.

열흘쯤 지나 보니 녀석은 보이지 않았다.

아무튼 다시 또 인간의 손에 들어가지는 않았으리라!

골목들

골목도 인상이 각각이다.
곧게 쭉 뻗은 골목은 조용하고 귀신이라도
나올 것 같지만 구불구불한 골목은 이야기가 있다.
저기쯤에서 꼬마 하나가 맨발로 걸어 나올 듯하고
혹 무슨 쓰레기라도 있으면 귀신은
절대로 나오지 않을 것 같아 보인다.
더하여 내놓은 화분이 두어 개 있다면
걸어 들어가보고 싶은 것이다.
그러나 송림동 골목들은 하나같이
계단을 하고 있다. 꺾인 무릎들
방 안에도 계단이 있고 계단은
다시 계단으로 이어진다.
인생을 한 단계 한 단계 오르다
미끄러지거나 추락한 사람들이
마치 살구가 먹을 사람이 없어 떨어져
옹기종기 모이듯이 모여 있는 집들.
사람이 한창일 때는 이렇게도 살았나 보다.
지금은 어린이 보기가 어렵다.

어린이가 없는 골목들이 무료한 시간을 재는 듯
하늘도 굽어보는 산동네 송림동.

송림성결교회 1

내 살던 집에서 조금 내려가면
송림성결교회가 있다. 철거 2년.
지금도 성결교회는 영업을 하고 있다.
고급 자가용이 제일 많이 모인다.
하나님의 빽이 이렇게나 좋다.
나도 진즉에 하나님 믿을 걸 그랬나 보다.
옷도 정중하게 차려입고
성경책은 반드시 손에 쥐고
말도 정중하게 폼나게 한다.
뭐? 성도님? 성도님이라고
서로 그렇게 부른다. 햐!
이거야 원, 성도가 이렇게 많은 대한민국이
미투 사기 부동산 반공 이데올로기 출세주의
다 하나님 믿고 까부는 것이냐? 시방
대한민국에 교회가 많은 것은 재앙이다.
반공을 팔아 권력에 아부하고
세금도 안 내는 교회가 많다.
저들이 예수를 알기는 할까?

송림성결교회는 그렇지 않겠지?
송림동 가난한 산동네
복음을 전파하는 명당이다.
종교는 아편이라고 했나?
아편보다 더한 무엇이다.
하나님 빽이 지나치게 좋기 때문이다

송림성결교회 2

산동네 송림동에도 덩치 큰 자가용들이
붐비는 날이 있다. 일요일이면
송림성결교회 오는 손님들로
골목이 차들로 가득 찬다.
사람 산다는 티가 난다고 할까, 아니면
자가용 경연 대회라 할까?
좌우간에 큰 차들이 골목을 메운다.
이런 산동네도 이런 날 있어봐야 되는 거 아님?
집 한 채보다 자가용 한 대의 유지비가
곱으로 더 들어가는데 우리 사람들
자가용 참 좋아한다. 집 앞길에도
교회 온 차들이 가득해서
내 경차 아토스도 둘 곳이 없어 헤맨다.
송림동에서는 아마 내 꼬마차 현대 아토스가
제일 작은 차일 것이다. 작으면 어때서?
아니 그냥 제일 작은 차라고 말하는 거야!
그래, 다른 뜻은 없지 뭐, 무슨 뜻?
말이 나왔으니 말인데, 체코에서는

범칙금도 재산 정도에 따라 다르다고 하더라.

아니, 왜 교회 얘기 하다 말고

갑자기 차 얘기야?

글쎄 말이야? 교회 얘기는 차차로 해도 돼.

차 얘기를 차차로 해도 되는 거 아닌가?

뭐 업어치나 메치나 도긴개긴.

그냥 차 얘기도 교회 얘기도 그만하자구.

피곤하니까.

송림동 전도관

송림동서 퇴출당해 지금 내가 살고 있는
숭의동 박문아파트 뒤창으로 보면 전도관은
성처럼 보인다. 높은 벽으로 둘러쳐 있고
그 아래 경사진 비탈길 양쪽으로 가난한 작은 집들이
땅에 꿇어앉아 경배하는 모양새를 하고 있다.
쓱— 보면 경건한 생각이 절로 드는 것이다.
지금은 전도관의 종은 더 이상 울리지 않는다.
비탈의 작은 집들을 내려다보면서
무슨 복음을 전파했을까?

한때 일본인의 관사로 쓰이다가
지금은 예술가들의 공동 작업장이 되었다고 한다.
지난날에 복음을 전파하던 전도관은 이제
예술가들이 아름다움을 전파하는 곳이 되어 있다.
재개발이 되면 예술가들은 어디로
산산이 흩어질까?
전도관의 역사를 소개하는 팻말이라도 세워야 되
겠다.

전도관을 나와 비탈길 아래를 타면

인천세무서 도원역으로 길이 이어진다.

이 길을 나는 골고다 언덕이라고 이름 지었는데,

예수의 십자가 고행을 생각한 것은

그 전도관 때문이었다. 그 중턱쯤에

벽에 새겨진 듯한 계단이 박혀 있고

계단 끝에 무너지고 있는 집이 한 채 있다.

그 집을 나는 성모 마리아의 거처라고 생각했다.

그 집은 내가 살던 6년 내내

무너지고만 있었지,

이제 포클레인의 입에 먹힐 것이다.

이사 가는 고양이

재개발한다고 이사 명령 받고 이사한 지 3년 차
이제 사내가 살던 송림 구역이 철거되나 보다.
먼지 막이 가림막 포장이 빙 둘러쳐 있다.
여전히 여기를 떠나지 못하는 고양이가 이제
이사를 한다면 어떻게 이사를 갈까?
고양이에겐 사유재산이 없으니 등기부등본도 없을
테고,
홀가분하게 밥 먹는 그릇 가벼운 아름답게 찌그러진
냄비 하나만 물고 이사를 하면
늘어선 사람들! 저 녀석 이사 가는 모양이라고!
길 좀 비켜들 서시라고, 그런데 저 녀석
어디로 이사를 하나? 어른들은 안 되고
친한 어린이 두엇 앞세워 좀
따라가보라고, 보고 오라고

좌우간에 지금도 떠나지 못하는 냥이들이 있다.
밥과 물을 가져다 주는 냥이사랑부녀회
그런 거라도 있나 보다. 이제 그만 밥도 물도 주지

말고

  철거가 시작되었으니 알아서들 제 살길 찾아가라고

  냉정하게 해야 되는 거 아님? 냥이는 인간의 새끼가

아니니,

  냥이처럼 냉정하게 독립시켜야 되는 거 아님?

  우리 인간은 정이 많은 동물이다. 그게 탈이다.

  우리 인간은 정이 많은 동물이다. 그게 복이다.

  우리 인간은 정이 많은 동물이다. 그게 전부가 아니다.

  고양이 이삿날에 이삿짐 나르는 화물차 사다리차

라도

  불러 주렴. 그 이삿짐 한 켠에 고양이집 그 안에

  고양이 고이 모셔 갔더라면 이런 일이 없을 텐데,

  인간은 정이 없는 동물이다. 그게 탈이다.

사라지는 화분

재개발 날짜에 임박해 바로 맞은 편
숭의동으로 이사를 했다.
여기서 거의 날마다 배다리 헌책방으로
놀러 다닌다. 이 길에 그렇게 많던 화분들이
하나하나 사라진다. 그 앞에 차를 멈추고
이거 모셔다 베란다에 놓을까?
참, 거기는 옷장으로 쓰고 있지!
내가 가져가지 못하고 눈독만 들인 화분은
그다음 날이면 없다. 고마운 일이야!
누가 모셔 가는지 모르지만 고마운 일이라고
그게 어째서 고마운 일인지는 모르겠고,
좌우간 고맙다고 옛날에는 소들이
짐을 싣고 소나무들 사이를 오르고 내렸을
우각로, 그러니까 쇠뿔로 우두커니 서 있는
소나무를 심심해서 뿔로 들이받아 보기도 했을까?
그 소나무 대신 서 있던 화분들을
고이 모셔 간 이들은, 무슨 말로 축하드리나?
그냥 복 많이 받으실 거여.

2
부

바른재개발과 송림주택조합

　송림주택조합장이 무려 16년 동안

　450만 원의 월급에다 활동비를 받아 왔고

　조합 사무실 직원들 월급까지

　그동안 들어간 돈이 무려 22억이나 된다고

　땅 주고 집도 주고도 4억이 있어야

　입주가 가능하다고, 알거지가 된다고

　전 조합원들이 단결하여 현 조합의 사무를 중지시

키고

　조합장을 해임해야 된다고

　'바른재개발'이라고 써 붙인 화물차 두 대가

　연일 확성기로 방송을 하고 골목골목을 다닌다.

　그러기를 20여 일 조합원 전체 회의에서

　송림주택조합장을 해임하고 업무 중지 판결을 받았

다고

　현수막이 여기저기 내걸렸다.

　보름쯤 지나자 이번에는 송림주택조합에서

　현수막을 내걸었다. 바른재개발 측과 소송에서

승소 판결이 났다는 것이다.

집주인 할머니께 어찌 생각하시냐고 물으니,

저 바른재개발 쪽 말이 옳기는 하나

그러나 그쪽에서 사업을 맡는다면

처음부터 다시 시작해야 하는데,

그렇게 되면 어느 세월에 재개발이 되겠는가?

막상 그쪽서 사업을 시작했더라도

마찬가지일 거라는 것이었다.

"조합원 여러분 감사합니다. 성원에 힘입어

재개발을 빠르게 추진하겠습니다. 송림주택조합장"

이런 현수막이 걸리기 시작했다.

그리고는 곧 이사 신청과 현금 청산 신청을 받는다고

공고가 나붙었다.

나도 이사 비용을 받기 위해 이사를 가겠다고

조합에 신고를 하고 이사 날짜를 약속했다.

가스 메타

지금 전도관 구역은 거의 모든 집들이 철거를 마치고
이곳 금송 구역은 단 한 채의 집도 철거되지 않았다.
사람이야 발이 달려서 스스로 철거한다지만
텅 빈 집채는 그런 말이 통하지 않는다.
그냥 포클레인 혀로 핥아먹으면
아이스크림처럼 녹아내리는 집이다.
지을 때는 돈 들고 시간깨나 들었지만
허물 때는 순간이다.
보고 있으면 절로 허망하다.
그런데 금송 구역은 아직도
떠나지 못하고 있는 걸까?
아니면, 재개발이 안 될 거라고 생각하는 걸까?
여지껏 버티는 사람이 있는 것이다
지금도 가스 메타기가 돌아가는 집
전기 메타기가 돌아가는 집이 있다.
주위 빈집들에서 배고픈 혼령이 걸어 나와
가끔 대문을 노크라도 할 것 같아 보인다.
자가용도 있는 걸 보면 출퇴근도 하는 모양

나는 이런 사람이 멋있어 보인다.

재개발조합에서는 지금

주었던 돈 다시 돌려주고

다시 들어와 살라고 하는 편이 좋을 것이다.

이제 부동산 경기도 거품이 꺼지고 있고,

집값이 바닥을 모르고 내려가고 있으니,

그러나 떠난 사람들 모두 새집에 들어가 살 것이다.

앞으로 금송 구역은 이제 귀신이 배회하는

출입 금지 구역이 될 것 같으다.

귀신들의 지역구, 파출소도 슈퍼도 이발관도

목욕탕도 쌀집도 필요 없는 아주 조용한 동네

세계 유일의 별난 곳. 관광상품이 될 것이다.

떠난 집

벌써 이사를 가고 없는 집 내부에는
엄청 덩치가 큰 냉장고와 큰 싱크대 찬장까지
어디 상처 하나 없이 엉거주춤 서 있다.
주전자는 왜 두고 간 것인가?
서랍에는 일회용 수저와 쟁반 그릇이 가득하다.
이 모든 것은 다 쎄빠지게 벌어서
돈을 주고 장만했으리라.
이들이 주인을 버린 것인가?
주인이 이들을 버린 것인가?
우리의 삶은 이렇게 닳아가고 있다.
비루한 인간들이 외면한 은은한 자태
물건이 아니면 인간은 도대체가 뭐냐?
버려졌으니 쓰레기일 텐데,
이 모든 것이 다 재개발조합의 재산이라고 한다.
가지고 나가면 무조건 법에 걸린다고,
손 하나 까딱하지 말라고 한다.
내가 물건들이 탐나서 하는 소리가 아니다.
물건들이 가엾어 보이고

주인의 닳아빠진 인생이 묻어나는 살림살이가
재개발로 버려진다는 게 말이 되냐 말이다.

유성철물설비

내가 아르바이트를 두어 번 한 경험이 있는
유성철물설비는 모두 떠난 지 2년 다 되어가도
끝까지 이사를 안 가고 버티고 있다.
사장 왈, 이제 보며 알겠지만, 재개발이 헛돌게 돼
있다고
아닌 게 아니라, 조합 총회를 한다고 플래카드가 걸
렸다.
돌아보면 군데군데 사람 살고 있는 집이 있는 것이다.
대체 이런 재개발을 왜 하는지,
사유재산 압수해 가면서 욕먹어 가면서,
자본의 속셈을 알다가도 모를 일이라.
살고 있는 사람에게 혹 무섭지 않으냐고 물으니,
살던 곳이긴 하나 너무 조용하여 그럴 때가 있단다.
수도도 전기도 들어오고 있고 고지서도 들어오고
있다고
돌아가고 있는 전기 메타 박스를 보라고 한다.
빈집 부엌을 들여다보니 가스보일러가 멀쩡하다.
가만 이거 떼어다 팔면 십만 원은 받겠다 싶은데

그것도 엄연히 도둑질이라고 한다.

빈집에 붙어 있는 알루미늄 손잡이나 열쇠통 전부
다 재개발조합의 재산이라고 한다.

심지어는 새는 수도에 물을 틀어 써도 법에 걸린다
고 한다.

그러면 내가 떼어 팔아 준 주인 할머니 보일러도
결국에는 도둑질이었다는 것.

나는 그 보일러 떼어 팔아 주고 주인 할머니
7만 원 내가 3만 원을 챙겼다.

유성철물설비 집에서 몽키와 스패너를 빌려 썼다.

이런 개 같은 경우가

"터무니없는 보상가로 내 집 주고
전세 가냐! 용산사태 보고 싶냐?"
"샛골 주민 다 죽이는 금송조합은
각성하고 지연이자 지급하라"
"시세대로 보상하라
집 뺏기고 월세 가냐"
"현금청산자는 지연이자 줄 때까지
투쟁하며 샛골에서 뼈를 묻겠다"
"수용재결 감정평가
집구경하고 밥 먹으러 나왔냐"
"이런 개 같은 경우가 어디 있냐
지연이자 지급하라"

송림동 산등성이가 아닌
산 아래 평지 사람들은
아직도 이사를 가지 않고
끝까지 버티고 있다. 내가
생각해도, 나무도 있고 마당도 있는

2, 3층짜리 집 내주고
아파트 들어가기는 너무나 억울할 것이다.

등나무도 이사 가기 싫다고
시멘트 기둥을 감아 오르고 있다.
이 많은 나무들을 다 어찌할 셈인지?
주택이야 부숴버린다지만
사실 땅은 본래 나무들의 소유가 아닌가?
재개발 사업은 이 엄중한 사실을 외면하고
밀어붙이는 일종의 이런 개 같은 경우에
해당되는 경우인 것 같다.

전도관 이야기

전도관 구역에서는 마지막까지 버티던 전도관.
땅 주인이 일곱이네, 아홉이네 하던
마당이 철대문 제작 공장으로 쓰이던 전도관은
제일 큰 건물이었다. 건물 안은 텅 비어 있고
밖으로는 큰 개가 대여섯 마리나 있었다.
이 땅은 한때 알랭 신부의 집터였다고 하나
오래전엔 그런 정보가 잡혔는데 지금은 잡히지 않
고 있다.
단골로 놀러 가서 커피도 대접받고
사장 기타 솜씨도 구경하는 두산복덕방 주인은
전도관이 진즉에 개발하여 건물을 지었다면
세 실컷 받아먹고 재개발비도 많이 나왔을 텐데
공유지의 비극이라나? 텅 비어 있어도
이러지도 저러지도 못하는 곳이라고 했다.
그 덩치 큰 전도관이 헐리는 데는 단 하루도
채 걸리지 않았다, 비산 먼지 막는 포장이 둘러쳐
지고
그 포장 위로 포클레인 머리가 돌고 도는 게 보였다.

하루도 채 안 돼 포장이 벗겨지고 전도관은 쓰레기
가 되었다.

소유주가 많아 건재하던 건물이 드디어 사라졌다.

송림동 산의 정상에 들어앉아

아래를 내려다보며 때로는 복음을 전파하고

때로는 백성을 단죄하기도 했을 전도관

팔려 나간 아편을 복용한 사람 누구도

믿는 자는 없을 것이다. 신은 처음에 그랬지만,

지금은 전혀 그렇지가 못하다. 신을 바꾸어 신듯이

전도관은 지금 잡초가 무성한 공터이다.

이 공터가 기막히게 좋다.

아파트 짓지 말고 내내 공터 그대로 있으면

참, 참 좋겠다.

자그마한 공터

내가 세 들어 살던 송림동 91의 87에서
한참 내려가다 오른쪽으로 들어가면
거기 아담하고 조그마한 공터가 있다.
무너지고 있는 담으로 둘러싸인
측백나무에 덩굴이 얽혀 있는
햇빛이 잘 들이치는 이곳
엄마 아빠에게 야단맞은 아이가
조용히 훌쩍이기 좋은 곳이다.
부부싸움에 박살난 것 같은
그릇 조각들이 햇빛에 눈을 부릅뜨고는
나를 뻔히 쳐다보고 있다.
아이들이 없어도 너무 없어
나라도 앉아 있어 보자고 의자를 주워 와
던지니 척 정자세로 앉는다.
돌아가는 바람이 참 싱그럽다.
가난한 동네에 아이들이 많다고 하던데,
이곳 송림동은 가난한 동네는 아닌 듯하다.

까치 온 날

나무 밑에서는 아이들이 떠들며 논다
나는 까치에게 아름답다고 생각하지만
꼬마들은 아예 아무 생각 없으리라
까치에게도 아무 생각 없을 것이다
까치는 아이들을 사람으로 안 보는지
이 나무에서 저 나무로 옮겨 앉는다
작년의 그 까치일까
내년에도 올까?
아이들만 있다면 더욱 허전할 내 마음이
까치가 있어 치료 받는다
까치가 온 것도 모르고
옆 호의 부부는 방 안에서 키득거린다
까치가 왔으니 생각들을 끄자
음악을 끄고 컴퓨터를 끄자
까치가 먼 데서 찾아왔으니
인천하고도 송림동 이 산동네를
까치가 와서 어린이들과 같이 놀고 있으니

풀들, 우거지다

송림동이 포클레인 삽날에 허물어지는 동안 내내
나는 그 골목들을 드나들었다.
아직 이사하지 않은 댁이 계시는지
차가 세워진 집 대문에
전기계량기를 본다. 숫자가 움직인다.
멋지게 지어진 집들 좋지만 그래도 마당이 있고
대추나무가 있고 석류나무가 있고,
이런 집 포기하고 이사를 한 주인은 참 아쉬웠겠다.
그나저나 이놈의 재개발이 제대로 되기는 되는 것
인지?
이사한 지 1년인데 아직 그대로인
사람 다니던 골목에 풀들이 무성하다.
잡초라고 쓰기가 좀 그렇다.
본래 이 자리가 자신들의 땅이었다고
사람들의 흔적을 지우며
아우성이다. 서로 키를 재며 우거진다.
스티로폼 상자에 심은 고추 모종
그 고추 따서 널어 말리던 보도블록 사이사이

삐져나오는 풀들이 재개발을 거부하는,

수직으로 솟구치는.

현금 청산자

현금 청산자? 알아보니
보상비를 아파트로 받지 않고 현금으로
받는 경우라고 한다.
구호 중에는 현금 청산자들에게
지연이자를 지급할 때까지
샛골에다 뼈를 묻겠다는 내용이 많았다.
그런 집 지금은 다 이사를 가고
끝까지 버티는 사람은 월세를 들어 살던 사람이다.
집주인이 없는 3층 집 전체를 통째로
월세도 내지 않는 공세라고 할까?
하여간 그냥 살고 있는 사람이 있는 것이다.
믿기지 않지만, 사실이다. 정말이다.
재개발 조합에서 재개발이 부진하고
전망이 없는 상태에서 밀어붙이지 못하는 모양이다.
눈 감고 아웅 하는 식으로 그냥 봐주는 모양이다.
월세를 주어도 받을 집 주인이 없는 상태,
 그 월세는 재개발 조합이 받아야 하는 것 아니냐고
물으니

법적인 근거가 없다고 한다. 법대로라고 한다.
법이 보장해주는 월세도 내지 않을 권리
법을 초월한 인간적인 너무나 인간적인,
그야말로 제대로 된 현금 청산자가 아닐까?
현금 청산자들은 아마도 지연이자를 받지 못했을
것이다.
그들이 뼈를 묻겠다고 한 금송 지역은 지금
텅텅 빈 집들이 대문을 열어젖히고
언제라도 사람이 들어와 살기를 기다린다.
담쟁이넝쿨 기어오르는 벽에는
대낮에도 무슨 그림자가 아른거리고
대추나무에는 어느 해보다 더 많은
대추가 열려 익어가고 있다.
무심하게, 무심하게.

경진네바느질

그렇지! 그 시절엔 바느질로 먹고살기도 했지.
그때가 좋았지, 그때가 좋았지.
한 땀 한 땀, 수놓아 가는 바늘의 가는 허리를
붙잡고 울기도 했으리, 웃기도 했으리.
바늘은 허리가 미스코리아보다 더
가늘어야 바늘이지.
경진네바느질, 읽어보면 무언가
아련히 피어오르는 그리움이 있다.

경진네바느질은 왜? 망한 것인가?
아니면 그냥 문을 닫은 것인가?
미용실은 지금도 하는 곳이 많은데
왜? 슈퍼는 모두 폐업을 했고
바느질 집은 왜? 문을 닫았을까?
바느질할 일이 그렇게나 없게 되었을까?
미싱 때문일 거야, 미싱 때문일 거야.

바느질은 이제 환자의 창자를 꿰맨다거나

살을 꿰매는 일에 더 쓸모가 있게 되었다.
하지만 경진네바느질이 망한 것은
슬픈 일이다. 아니지, 어디 다른 데로 이사 가서
바짓가랑이라도 다시 하고 있을 거야!
엊그제 바로 아파트 앞에 옷 수선집에
바지와 가다마 옷소매가 길어서
줄여 주십사 부탁하고 나니 비로소
이 시가 이렇게 못난 대로나마 써지는 것이다.

제물포교회

성경대로 믿고, 성경대로 살자.
수십여 개의 급경사 계단을 오르면
딱, 이마의 높이에 걸려 있는 구호다.
급경사 계단에 신자들이 앉아 있는 모양은
예수가 복음을 설파하던 장면과 비슷할 것이다.
이런 비탈에 교회 건물을 들어앉힌 것도 신기하지만,
교회에 신자가 없는 것도 신기하다.
이사 와서 처음으로 동네 구경하면서
쳐다본 교회. 계단이 첩첩으로 쌓여 있어
무언가 신성하게 보이는 것이다.
계단을 한 칸 한 칸 정성 들여 밟아올라 보았다.
이 교회는 송림성결교회처럼
큰 주차장이 없어서일까?
손님도 신자도 없다. 심지어는
고양이마저도 없다. 가파른 계단 때문에,
감히 오를 마음이 서지 않은 것일까?
계단 위에 놓인 교회 건물은
넓고 높아 교회다운 티가 나지만,

텅 빈 공간에서는 공기가 돌아가는 소리만
귀를 기울여 들어보면
신의 숨소리처럼 몸을 떨게 만든다.
아마 이 제물포교회가 제일 먼저
신도들이 끊겼을 것이다. 가파른 계단이
무릎을 꺾어 주저앉게 했을 것이다.
신도 이런 계단은 오르기가 힘들 것이다.
성경대로 믿고, 성경대로 살자고 하는
저 구호를 밑에서 우러러보면
고개가 뒤로 젖혀지고 숨이 막히는 것이다.
자본 따라 믿고, 자본 따라 살면 안 되는 것이냐?

장로회 제물포교회

숭의동 쪽에서 비탈진 길을 따라가다가
왼쪽 길을 타고 오르다보면
대한예수교 장로회 제물포교회가 있다.
이 교회는 가파르게 치닫는 백여 개의 계단 위에
위엄 있게 세워져 있다. 계단을 올려다보면
그야말로 성스러운 느낌이 드는 것이다.
백여 개의 계단을 올라서야 비로소
주님이 계시는 곳에 도착하게 되는 것이다.
주님의 처소를 돋보이게 하는 계단들이
신도들에게 믿음에 상응하는 고행을 요구한다.

지금은 조용히 불빛만 보인다.
가난한 처음엔 교회는 붐볐을 것이다.
그러나 복음을 듣고 복을 받은 신도들은 이제
벌 만큼 벌어서 하나둘, 떠났다.
이곳 송림동에는 이 교회 말고도
동산교회, 송림성결교회가 있다.
상당히 큰 규모의 교회들이다.

송림성결교회만이 철거 직전 지금까지
신도들이 예배를 드린다. 그런 날이면 가끔씩
꽤 덩치가 큰 자가용들이 골목을 메운다.
송림성결교회도 이제 떠나야 할 것이다.
본디 교회란 이렇게 산동네 가난한 동네
공기가 맑은 이런 곳에 어울리는 것이다.
교회 마당에는 아이들이 그려 놓은 놀이들
그림들도 있다. 예수는 어린이들과 친구이다.
장로회 제물포교회에는 이런 운동장은 없다.
예수가 혼자서 쓸쓸했을.

짭짤한 부수입

철거 앞두고 파이프 아시바 장막 둘러친 골목을
그래도 내가 살 때 오가던 길이라고
차를 몰고 다니다보니 뉘가
멀쩡한 오디오 스피커를 버려놓았다.
집에 가져와서 들어보니 소리가 제법이다.
그런데 듣자니 골목에 버리고 간 모든
가구나 폐품들이 재개발 조합의 재산이라고 한다.
내가 살던 방 보일러를 주인댁 할머니가
인터넷 광고 내서 팔아달라고 그러면 반반씩 나누
자고
그래 13만 원에 내놓았더니 뜯어가겠다고 와서
돈 받아 그대로 드리니 반반 나누자고 하신다.
뭘, 요놈만 줘요 하고 석 장만 가졌다.
또 자기 3층 방 보일러도 그렇게 팔아달래서
팔아주었다. 보일러 떼내고 있는데 주택조합 직원
들이
어, 그렇게 하면 원래는 안 돼요! 다 조합 재산이라고,
그래서 스피커 얘기를 했더니 이번에는 호탕하게

웃으면서

못 본 거는 뭐래도 상관이 없다 한다. 그래?

트럭이라도 한 대 있다면 스덴 싱크대 장식장 등등

구리는 구리대로 스덴은 스덴대로 되는 대로

안 볼 때 주워 담아 팔면 그것도 짭짤한 부수입이 되

겠다 싶다.

그저 저것들이 버려지지 않고 재사용 되겠지 하고

반짝! 빛나는 그릇들의 이마를 보아준다.

버려진 가구들

가구들이 버려져서도 어깨에 허리에 힘주고 서 있
더니만

비 이틀간 내리더니 어깨도 허리도 구부러지고 말
았다.

이제야 포기하고 편히들 쉬시는구나!

이제야 세상 돌아가는 이치와 주인이던

인간들의 근성을 알 듯한 모양이다.

물건을 잘 쓰다가도 이사 갈 땐 꼭

한두 가지는 버리게 된다.

자본주의하에서 돈 벌면 꼭!

업그레이드하는 세 가지. 마누라, 집, 자가용,

마누라는 자가야 전세야?

집은 바꿀지라도 마누라는 바꾸지 말지 그래?

자가용은 바꿀지라도, 마누라는 그냥 두지 그러냐?

내가 사용해보니 중고가 새것보다 더 좋은 것이
있다.

아파트가 그것이다. 새 아파트는 벽지에서도

독소가 나오고 벽지를 바르는 풀에서도 독소가 나

온다.

　다음으로는 오디오 스피커이다. 스피커 새것을 사면
길을 들이는 에이징을 시키는데,
똑 남녀를 그렇게 하듯이 서로 앞면을 마주하고
사이를 5밀리 정도로 살짝 둔 다음
앰프의 볼륨을 잔뜩 올려 음악을 틀어놓는다.
그렇게 하면 금방 에이징이 된다는 소문이 있다.
　하지만 마누라는 딱히 중고가 더 좋다고 할 수는 없
는 것이,
　그놈의 마음 때문이렸다. 로저 펜로즈가
『황제의 새 마음』에서 말하기를 인간의
모든 것, 이성이나 논리적인 기능들은 컴퓨터에
구사할 수가 있으나, 인간의 마음만은 구사할 수가
없다고 한다.
　곧 마음이 비논리적이기 때문이라고 한다.
　마음이 가난한 자는 복이 있나니, 천국이 저희 것임
이요,

마음이 가난하다면 가구를 저렇게 버려두고 갈 것
인가?

3
부
———

송림동의 슈퍼가 전부 망한 이유

송림동 골목을 뒤지다 보면
제일 많은 간판이 미용실과 슈퍼다.
그 많은 곳들이 나름 잘 되던 그때
그렇게나 많았을 사람들은 다 어디로 숨은 걸까?
어느 날 나는 슈퍼들이 망한 이유를 생각하다가
드디어 알아냈다. 드디어!
내가 사는 집은 송림동 중심지 사거리 대로변에 있다.
트럭 한 대가 가계인 모든 장사치들은
반드시 여기서 차를 대 놓고 시장을 벌인다.
청솔아트빌라 주차장이 할머니들이 모이는 곳이다.
청솔아트빌라와 내가 사는 집은 붙어 있다.
트럭장사꾼들이 오면 할머니들이 달라붙게 된다.
물건 흥정보다 더 오진 말은
할머니들과 나누는 농담과 해학이다.
시 쓴다는 나는 열 번을 죽었다 깨어난다 해도
저렇게나 구성지고 맛깔 나는 말을 할 수 있을까?
거기 안 보이는 할머니 안부로 시작해서
할머니들도 만지면 안 되는 위험한 곳이 있는지,

어디를 만지고 지랄이랴 시방, 하고는
웃음이 한바탕 왁자하게 퍼지며 골목을 휘돌아간다.
그런데 아저씨나 할아버지들은 통 안 보인다.
저러니 싸게 파는 슈퍼가 있다고 해 봤자
할머니들 거기 가겠는가!
난 슈퍼들의 간판을 보면서 북적거렸을
옛날을 생각하고는 망한 이유가 궁금했다.
송림동 슈퍼들이 문을 닫게 된 이유가
바로 이것이다. 말동무 해주기.

가난한 자는 복이 있나니

송림동에는 다행히 교회가 많지 않다.
대한민국에서 교회가 제일 많은 곳이
부천의 소사동과 고강동이라고 한다.
고강동 입구쯤 원종동에 살면서
고강동 컴퓨터 집에 마실을 가 앉아 있으면
강냉이튀김 한 봉지 하고 사탕 두 개를 쥐여주며
교회에 나오시라고 신신당부를 하는 무리가 있었다.
고강동 소사동은 가난한 사람이 많은 동네,
가난한 자는 복이 있나니
천국이 저희 것임이요,
그러자면 모두가 가난해야지
노동하는 사람만 가난해서는 지옥이다.
나는 한때 가난이 어떻게 세상을 구원할 것인지를
골똘하게 생각했었다. 인간이 가난하게 살기에는
너무나 많은 노동이 행하여지고 있고,
자연이 너무나 풍요롭게 우거지는데,
무슨 뾰족한 수가 있는 것이 아니다.
더구나 가난은 사실이 아니지만,

부유한 것은 사실이다. 하면 되는 세상에서
가난을 한다면 그게 무어냐?
부자를 한다면 그게 또 무어냐?
선한 일을 할 수가 없다면,
악한 일이라도 하는 게 안 하느니보다 낫다.
거짓 사랑도 안 하는 것보다는 하는 게 낫다.
가난한 자는 그 가진 것마저 빼앗기게 되어 있다.
그리하여 더욱더 가난해지고
심지 않은 데서 거두는 자들이 늘어간다.
이 모든 일이 노동으로 자연을 앞서가는 일이다.

쓰레기봉투 앞에서

쓰레기봉투가 쌓여 있는 앞에
할머니들 서너 분이 자세를 갖추고
모두들 경이롭게 말을 주고받으신다.
나는 할머니들 사이로 고개를 질러 박으며
뭐예요? 하고 물었다. 저기 저거!
어디 뭐요? 있자녀, 애기 기저귀!
자세히 보니 기저귀가 종이랑 접혀 있다.
이 동네는 분명 없다고,
애기를 낳은 집이 없다고, 밖에서
누가 아기를 같이 데려온 것이라고
모두 경건하게 기쁨을 얼굴에 띠우신다.
아기가 우리 동네를 다녀가셨다고.

밤이 되어 추우면 아기 울음소리 비슷하게
고양이 울음소리가 들린다. 고양이가 아기를 낳고
있을까?
얼마나 처량하게 우는지 발자국 소리가 스치고 가면
한참 동안 들리지 않다가 다시 들린다.

고양이가 아기를 낳는다 해도
기쁠 것까지야 있겠는가?
사람의 아기가 태어나기 어려운 세상이다.
점점 더 그럴 것이다.
고양이는 겁도 없이 애기를 낳을까?
어린이를 함부로 대하지 말라!
낳은 자에게 죄가 있지.
태어난 자에게 무슨 죄가 있겠는가?

이번 감기에게

예끼, 이 사람아
염치인지 체면인지 좀 있어 봐라
어이구 춥네요
잠깐만 앉았다 가도 될까요
그러고 들어와 앉은 지가
며칠째인가 벌써
이제는 아주 주인 행색이야
좋게 말할 때 나가게나
그동안 잘 먹고 잘 입히고
약까지 사다 먹이고
할 만큼은 해줬지 않나
내, 겨울 코트 입혀서
부축해 줌세그려
옳지, 그렇게 나가서
옆집 그 옆집
대머리 홀랑 까진
전당포 주인 있잖아, 왜
그 양반한테 신세 지고 있으라고

가끔 재채기로

저당 잡아 놓은 양심 풀어놓으라고

귀띔도 좀 하게나

어서 가보시게

나은이네 집 계단

송림교회 바로 앞에 있는 작은 이층집
오르는 계단의 서 있는 각도는 50도는 될 것이다.
그 계단을 다다다다다 오토바이 소리로 오르내린
소녀
권나은이가 내게 영어로 스팸이라고 써진
소시지 깡통을 내밀며 따 달라고 했다.
지는 손가락이 아파서 못 한다고
따서 주고 문을 열고 계단을 올려다보았다.
이름이 뭐야? 권나은!
나은아 너 방금 여기로 내려온 거야?
무심히 고개를 끄덕거린다. 순간 식은땀이 났다.
미끄러지기라도 하면 죽는 거다. 이 급경사를
그렇게 빨리 뛰어 내려오다니?

이미 이사 가고 텅 빈 나은이네 집 계단을 본다.
지금 봐도 머리털이 곤두서는 것이다.
그런데 이 동네는 이러한 급경사의 계단이
방 안에 또 있고, 계단 위에 또 방이 있다.

우리나라가 한창 번창하던 시절엔
이렇게도 방을 만들어 살아야 했던 것이다.

소나무가 우두커니 서서
너나 나나, 인간들 때문에 고생이 많다고
고개를 넘는 소들의 등을 다독여 주던 고갯길
송림동 우각로 이 골고다 언덕을 한참 오르면
정상에 전도관이 버티고 서 있다.
예수는 십자가를 지고 오르다 여기 이쯤에서
십자가를 내려놓고 쉬려는 그 순간
구리가 박힌 채찍을 맞고 등에 피가 돋았다.
지금은 소도 그런 채찍으로는 때리지 않는다.

공손한 밥그릇

고양이 밥그릇이 빛나고 있다. 비늘이라도
달린 것처럼, 이제 보니 개 밥그릇보다 더 작다.
아주 공손하게 핥아놓았다.
사람의 밥그릇은 공손하지가 않다.
꽃잎보다 작은 혀로 밥그릇을 비웠다.
사람의 밥그릇은 왜? 공손하지 못한가?
혀가 크기 때문일 것이다.
밥을 먹기 위한 혀? 말로 밥을 먹는 혀?
말을 팔아 밥을 먹으니 밥그릇이
항상 가득 차 있다. 말은 넘치고 밥은 남아
쓰레기가 가득하다. 지구에, 지구도 밥그릇이다.
지구를 통째로 씹어먹는 말, 말, 말
밥으로 밥을 먹는 고양이와
말로 밥을 먹은 인간이 한판 붙었다.

사람이 어떻게 고양이를 당할 수가 있나?
고양이의 민첩함과 날카로움을
흉내라도 낼 수 있나? 총으로도

맞추지 못할 것이다. 그만큼 빠르니까!
총알보다 더 빠른 고양이의 날램.

그런 고양이도 차에는 치어 죽는 경우가 있다.
속도와 속도의 절묘한 만남,
고양이가 차와 충돌하는 얘길 하기는 그렇고,
차와 차의 충돌로 속도의 만남을 말할까 보다.

T자 도로 가운데에서 차와 차가 충돌했다.
절묘하게 좌측의 차는 우측의 헤드라이트를.
우측의 차는 좌측의 헤드라이트를 깨 먹었다.
너무도 절묘한 것이 딱! 5센티 정도만
서로 양보를 했다고 해야 하나?
좌우간에 깨졌다. 그 기술 참
기가 막힌다. 어떻게 저렇게 순간
두 대의 차가 똑같은 시각에 정지할 수가 있을까?
가만, 저 사람들 지금 무슨 퍼포먼스 아니면
시범을 보이신 것은 아닌가?

고양이라면 이렇게는 불가할 것이다.

고양이도 화를 내면 무섭다.

쌈지공원 은행나무

수령 100년이라는 쌈지공원의 주인인 은행나무는
재개발이 되어도 반드시 이 자리에 심어야 할 것이다.
100년 동안 은행나무가 지켜본 인간사와
하늘과 땅의 지속을 경험한 은행나무
포클레인이 집을 갉아먹는 걸 보고 있을 뿐
말이 없다. 그늘에 품어서 키운 공원에 나무들은
자주 흔들리며 이별을 예감하는 듯
은행나무는 여전히 말이 없다. 하늘과 땅 사이에
에너지는 가득 차 흐르고
그 에너지를 소비하느라 분주한 인간들 사이에서
100년 동안 은행나무가 보아온 것은
아득바득 살아가며 죽음의 순간을 준비하는 모습일
거라.
인간의 아랫도리에 나이테가 새겨지지 않는 이유는
인간만이 가슴에 죽음을 품고 살기 때문이다.
사람은 나무를 죽일 수가 없다.

갓난아기

내가 세 들어 살던 집
문을 열고 나서면 앞에는 운동기구가 네 개
옆으로는 자그마한 공원이 있고 거기
벤치가 두 개 놓여 있다. 원래
이 벤치는 굵은 밧줄에 매달린
흔들의자였다. 그러던 것이 고정 벤치가 되었다.
흔들의자일 때, 내가 막 이사 왔을 때 그때
동네 대여섯 되는 꼬마들과 같이 의자에 앉아
흔들리면서 같이 놀았다.
꼬마들 이사를 갔는지 더러는 성인이 되어
하나도 안 보이고 나만 혼자가 되었다.
집까지 찾아오던 권나은이도 이사를 가고
아빠가 형사를 한다는 초등학교 4학년이던
어린이는 이미 어린이가 아니고,
참 어린이 보기 어렵다.

쓰레기장에 버려진 비닐 봉투를 보면서
할머니 두 분이 말씀하신다.

이 동네 분은 아닌 모양이야!
무슨 말인가 하고 물으니
봉투에 갓난아기 기저귀가 있다고,
이 동네에는 갓난아기가 없는데
다른 동네서 오신 분 같다고 하신다.
나는 그 봉투를 보면서 경건해지는 것이다.
그나저나 이 동네에 갓난아기가 없다는 걸
어찌 알고 계실까?
그토록 서운한 일일까?

고양이 식사

사람들 떠나간 집집들 골목을 돌아다니다 보니
대문 앞에 가지런히 제사상 차려놓은 듯
고양이 사료와 물이 그릇에 담겨 있다.
주인이 떠나면서 해준 것은 아닌 듯하고
누군가 고양이를 돌보는 손길이 있는 것 같다.
한두 곳도 아니고 상당히 많다.
포클레인에 길이 지워지고 집들이
허물어져 땅이 될 때까지
그런대로 견딜 만할 것인가?
그 후로는 녀석들 어디로 갈까?
여기 심긴 덩치 큰 나무들은
다시 심기겠지만, 자잘한 꽃나무들은
무사하지 못할 것이 분명하다.
이 많은 화분들도 역시 깨질 것이다.
그나마 그 모두가 흙이 된다는 것은
위로가 된다. 내가 죽을 수 있다는 사실이 위로가 되
듯이
내가 죽어서 미생물로 분해되어 다시

식물에 먹히고 그렇게 에너지 순환에 들어간다는
것이
　　그나마 위로가 되듯이
　　이 동네 한창 철거 중인 이 식물들도 그럴 것이
　　고양이 한 끼 밥상을 내려다보니
　　반찬도 없는 조촐한 밥상이
　　반찬도 없는 조촐한 밥상을.

영화 촬영집 대문

우리 집에서 해장국을 먹으러
잠깐 내려 딛다 보면 담장에
제법 아름다운 그림이 그려진 집.
그 집에는 영화 촬영이 잦았다.
재미있는 일은 찍는 장면이
대문 안으로 들어가는 것하고
담벼락의 그림들을 찍는다는 것이다.
내부는 어디 다른 집의 내부를 보여주는 듯.
대문으로 들어가는 것과 나오는 것만 찍는다.
놀라운 것은 영화를 찍는데 이렇게나
많은 차량과 장비와 사람이 필요하다는 것.
사람의 통행도 차의 통행도 막아버린다.
나는 촌놈이니 이렇게 말하겠다.
영화라고 하는 것이 순전히
소비를 위한 소비 산업 아닌가?
그런데 무슨 대단한 나랏일을 하는 것처럼
당연하게 사람의 걸음도 막아놓고
대단히 죄송하다고 한다.

양해를 구한다고 한다.
양해를 해주지 않으면
촌놈이라도 될 듯하다.
뭐 손해 보는 것 없으니
양해는 하지만, 그래도 좀 그렇다.

참, 이쁜 화분 하나

그러니까 지금 내가 하는 것이
철거되는 동네 송림동 우각로
그 옛날 아름드리 우거진 소나무 사잇길을
뿔난 소들이 짐이라도 실어 나르면서
뿔나면 소나무 다리에 뿔을 부벼 뿔을 삭이기도
좌우간 여기가 송림동 우각로, 쇠뿔로라!
여기 없어지는 동네 마지막 모습을
사진에 담아두자고 돌아다니다가
어느 댁이 버리고 갔는지 이쁜 화분 하나를 차에 태
워 갈까?
하고 서성거리는데 지하실 같이 어두운 계단에서
꼬부랑 할머니 올라오시더니
얼레! 그 화분에 물을 주신다.
할머니 아직 이사 안 가셨어?
나? 예, 할머니. 나, 이사 못 가!
아드님 안 계셔요? 자식? 소식 없어!
아차, 생각느니 이 화분은 어쩌면
그 소식이라고는 없는 자식이자

유일한 벗일 것이라!

내가 도둑질 중에도 제일로 못나고 못된
도둑질을 할 뻔한 것이다. 그런데 가만,
지금쯤이면 전기도 수도도 가스도
끊어지지 않았을까? 할머니께 물으니
나 말고 요 밑으로 서너 집 더 있거든
하신다. 그런대로 마음이 놓인다.

골목이 골목을 물고

송림동의 골목은 특이한 점이 있다.
막다른 골목이 많고, 돌아오면 바로 그 골목
골목이 골목을 물고 놓아주지 않는
미로보다 더 미로 같은 골목은
서로의 그림자처럼 곁에 서서
같이 걸어주고 서로 어깨를 걸고 있다.
덩치 작은 못난 집끼리 서로
눈짓을 주고받으며
지금 막 들어선 이 사람 어딜 갈까?
알아맞히기라도 하는 눈치다.
이 많은 골목들과 정이 들려면
어슬렁어슬렁 걷는 강아지의
꽁무니라도 따라다닐까 보다.

골목마다에는 의자가 놓여 있고.
늙으신 어른이 늙은 시간과 함께
담배를 피우시거나 졸고 있거나
세월은 할 일이 없어 늙어가고

할머니 할아버지들은 심심해서 늙는다.
강아지가 들어가면 사라지는 골목
꼬마가 들어가면 어디론가 사라지는 골목
엿장수는 들어갔다가 용케도 다시 돌아 나온다.

골목이 많은 동네는 가난한 동네.
골목이 넓고 적은 동네는 부잣집 동네.
비가 오면 골목을 따라 흐르고
사람도 골목을 따라 들고 난다.

가지 고추 상추 화분들

주인은 이사를 가고 저들끼리 우거지며 오순도순
하다.
가지 고추 상추 화분이 세어보니 열 두 개다.
아예 밭을 만들었다. 한 평은 족히 될 듯
고추를 몇 개 따서 호주머니에 넣는다.
엊그제 사 온 된장을 생각하니 침이 넘어간다.
이곳 송림동은 비탈진 동네라 이런 화분들 참 많다.
생선 스티로폼 박스를 밭으로 가꾸는 할머니들.
이렇게 딴 고추를 길에 널어 말려서 내다 팔기도 한다.
그렇게 용돈을 줄 손주는 없지만,
나는 이 혜택을 톡톡히 누렸다. 그냥 저녁 산책을
돌며
슬그머니 따서 호주머니에 넣어 들어와
된장에 찍어 먹는다. 그 옛날 꽁보리밥을 대바구니
에 담아
공기 통하는 데 걸어놓으면 파리들이 달라붙어
새까맣던 그 보리밥은 된장에 고추를 찍어 먹으면
좋았다.

무엇보다 방귀가 통쾌하게 나와서 좋았다.

미식가 베냐민은 산딸기 오믈렛을 먹고 아우라를
말하지만,

난 꽁보리밥과 된장 고추면 족하다. 그리고 보리밥은
재현 가능한 아우라이다.

가난의 상징이던 보리밥을 지금은 꽤 비싸게 먹고
들 있으니까.

시간의 역사

이러한 문제를 피할 수 있는 유일한 방법은 우주가
시간적으로 무한한 것이 아니라, 과거의 특정한 시간에서
시작되었다고 생각하는 것뿐이다.
　　　　　　　　　　　　　—스티븐 호킹, 『시간의 역사』

이제는 정말로 이사를 가야 한다. 발 없는 식물들
입이

없는 존재들 쌈지공원의 100년 더 살았다는 은행나
무만큼은

이사 가지 말고 그대로 거기 있으면 좋겠다.

겨우 7, 80년을 사는 인간이 태어나기도 전에, 죽은
후에도

살아 있을 나무를 그 속의 나이테를 시간의 역사를

옮겨서 어디 우주의 그러니까, 우리의 태양계 밖
으로

보낸다면 말도 안 되지만, 이런 엿같은 경우는 없어
야 한다.

글쎄, 난 거기까지 가서 그 나무 그늘 아래서 책을
읽었다니까.

시간의 역사! 우주의 나이테는 나무의 나이테라니까!

100여 년 동안이나, 송림동의 비탈진 가난을 가꾸고
보살핀

은행나무는 가난한 동네의 연탄가스도 함께 호흡하고

쌈박질 소리도 들으며, 사람도 그렇게 살지는 않는데,

나무는 은행을 내려놓으며 구린내 나도록 힘겨운 삶을

나이테에 새기며 100년을 100년의 하늘 일이고

그 아래 온갖 즘생들 깃들도록 버텨온 나무

우주가 무한한 것이 아니고 시간도 무한한 것이 아니듯

사람도 나무도 무한한 것이 아니니

그러나 그 역사는 어디로 가겠나? 쌈지공원의

은행나무를 이사 시키는 문제의 유일한 해결 방법은

우주가 시간적으로 무한한 것이 아니라,

과거의 특정한 시간에서 시작되었다고 생각하는 것
뿐이다.

100년이라는 시간을 인간은 살 수가 없다.

은행나무는 100년 넘게 지금도 푸르게 살고 있다.

무단투기 감시 카메라

송림동엔 무단투기 감시 카메라가 참 많다.
곁을 지나치면 제법 음악적인 소리로
쓰레기 무단투기를 촬영 중이라고 중얼거린다.
그 카메라가 바로 우리 집 앞에도 있었다.
머리에는 태양광 패널을 쓰고 있고
그 밑에는 두 개의 큰 눈알이 있어
사람이 근접하면 눈알을 굴린다.
주인 할머니는 재치가 있어
카메라를 가리고 서서는 누가
보기 전에 얼른! 던져버려요, 그냥
그렇게 버린 쓰레기는 더럽혀진 바둑판이었다.
어쭈? 그런데 다음 날엔 보이지 않았다.
쓰레기를 치우지 않았는데
아마도 누군가 바둑판을 바둑판으로 쓰려고 가져간
것이지?
쓰레기는 쓰레기가 아니다.
인천 쓰레기 매립지에 가보면
쓰레기는 없고 기름진 흙이 있을 뿐이다.

당돌한 주장 같지만 쓰레기는 누굴까?

4
부

부동산에 미친 나라

대출을 해주지 말아야 한다고 한다.
대출을 잘 해주면 집값은 오르고
부동산 투기가 극성을 부린다고 한다.
대출금 반만 갚고 나머지 더 붙여서 집 사고팔면
그렇게 다섯 번만 하면 최소 1억은 번다고 한다.
나라가 국민을 부동산에 미치게 했다고 한다.
부동산을 하는 여자친구는 나라가 망하려고
환장을 했다고 혈압을 올린다.
지금 2023년 10월 현재 대한민국 부동산은
돈을 빌려 주어 수혈을 할 것이 아니라,
일단은 죽게 내버려 두어야 한다는 것이다.
그러지 않고 부동산에 올인하는 것은
나라를 통째로 말아먹을 것이란다.
아주 작은 평수가 아니면
절대, 절대로 집을 사지 말라고 일러준다.
가계 부채가 3000조라니
나라 땅까지 국민까지 팔아야 된다고 한다.
한 사람당 5700만 원의 빚을 지고 있단다.

앞으로 돈은 씨가 마를 것이라고 한다.

집값보다 더 많이 저축을 해두라고 한다.

그런데 왜 그녀는 이제야 그걸 말해주나?

이제는 참을 수가 없다고 한다.

영끌도 투기는 투기라고 참 안 됐다고,

금리 올라서 투기꾼들 잡아야 한다고,

좌우간 나는 영끌은 아니고 투기꾼도 아니다.

새마을 금고 저축 이자가 4.5%이다.

1년 후에 내가 받을 이자는 무려

1000만 원 가까이 된다.

부동산에 미치게 한 덕을 좀 보는 편이다.

주담대

주담대는 주 씨 가문의 이름이 아니다.
주택을 담보로 대출을 담대하게 해주라!
아직 반도는 허리의 깁스를 풀지 못했다.
반도 이남의 백성들 허리가 휘는 이유는
주담대 때문인가, 휴전선 때문인가?
휴전선은 전쟁을 쉬고 있다는 것이고,
주담대로 빚을 갚기에 허리가 휘는 백성들
그래, 대출받을 땐 좋았지. 전세 투자 수익은 보장돼
있고
내 소득이 없어도 주담대가 가능하다.
주식을 통하여 돈 버는 것은 그다지 배가 아프지 않
은데
부동산 투기로 돈 버는 것은 배가 그렇게나 아프다.
나도 할 수가 있었는데 왜 안 했지?
별다른 능력이 있어야 되는 것도 아니고
투기 부추기는 나라만 믿으면 되는 건데 왜 안 했지?
국민을 부동산에 미치게 한 것은 재개발과 재건축
이라고 한다.

정부와 기득권이 판을 깔아놓았다고 한다.

선분양제도에 두 채 샀다가 팔아도 세금은 없고

그러니 부동산 투기 딱 좋은 나라다.

난, 이 시를 쓰는 지금에야 이걸 알고 후회스럽다.

부동산 투기로 돈 많이 벌었다면

이런 지질한 시 따위는 안 쓸 것인데,

대한민국은 빚으로 지어지고 철근은 빼버린 나라

이 나라가 허물어지기 직전이라고

목숨 걸고 부동산에 수혈을 할 때가 아니란다.

국민들 다 죽이게 될 거라고 한다.

부동산 전문가의 말이니 믿어야 될 것 같다.

전세 대출은 국민경제의 암이라고 한다.

개집

개는 더 좋은 집을 마련해 줘도 들어가지 않는다.
살던 집을 치워버려야 새집으로 들어간다.
헤겔에 의하면 인간은 존재와 당위가 분리된 존재
이다.
개의 집은 마땅히 그러한 집이지만
인간의 집은 행복을 위한 집이어서,
최대한 호화롭고 평수가 넓어야 한다.
그래도, 만족되지 않는다.
호화주택에 비하면 판자촌의 집들은 개집이지
결코, 사람의 집이 아니다.
판자촌에서 호화 주택으로 이사를 하면
사람들은 행복에 겨워 무엇을 토해낸다.
사람들이 행복하다는 말들을 너무 자주 한다.
그런다고 행복해지는 것은 아닐 터,
개도 웃을 줄 안다, 개는
존재와 당위가 분리되지 않은 존재이다.

지금 이곳 송림동에서는

살던 집들은 치워버리고 있다.

더 좋은 새집을 마련해 주겠다고 한다.

아니, 시방 사람을 개로 취급하는 것인가!

사이를 살다

전기계량기가 돌아간다는 것은
사람이 살고 있다는 것이겠지?
차도 주차되어 있어 노크를 해본다.
뿌연 얼굴의 사내가 시큼한 웃음을 흘리며
나를 올려다본다. 아저씨 여기 사시오?
에, 뭐 공짜로 살고 있죠. 공짜요?
전기세 수도세 가스세 전세 월세
그중에 뭘 공짜로 산다는 거요?
원래는 이 집에 월세를 살고 있었는데,
집주인 이사 가고 지금은 나 혼자 살아요.
아니, 주택 조합에서 나가라고 안 합니까?
하기는 하죠. 첨에 좀 하다가 지금은 그냥,
그래도 가스 전기 들어오니 다행입니다.
그거야 당연히 들어오고, 월세만 안 내고 살고 있죠,
아니 그럼, 아저씨는 틈새에서 살고 있는 거네?
근데 이거 재개발 제대로 될 것 같지가 않아요.
안 하면 이 빈집들에 다시 이주시킵니까?
언젠가는 하게 되겠지요. 그러나 앞으로 사오 년은

나 말고도 몇 명 더 있어요. 저 위에도 있고.
저기 저쪽 돌아가면 또 한 분 있고,
야! 정말 신기하다, 어떻게 그렇게 살 수도 있네!
이제 뭐, 포클레인이 와서 허물기 시작하면
나가야 되겠지만, 그래도 그때까지는,
재개발이 부진한 틈을 비집고 들어가
그 안에서 살고 있는 사람이 이곳
송림동에는 있다. 집들이 비어 있어서
밤에 무섭지 않으냐고 물으니,
조용해서 세상 좋다고 한다.
골목을 뜬 눈으로 지키던 보안등도
다 꺼진 골목 집안에 그 보안등 대신
귀도 가슴도 열어놓고 사람이 새처럼
살고 있는 것이다.

송림동 재개발 현황

전도관 뉴스테이 관리 처분 1705세대

금송 구역 뉴스테이 관리 처분 3965세대

서림사업 시행 372세대

LH 브리즈힐 2106세대

송림6 관리 처분 598세대

송림3 관리 처분 두산 1321세대

송림1, 2구역 사업 시행 현대 3480세대

송림파크푸르지오 뉴스테이 2662세대

송림동이 이렇게 넓은 줄을 몰랐다.

지상 26층 지하 4층, 30층이다.

그 높이에서는 구름이 돌겠다.

모두 떠난 지 2년여 지금

전도관 구역만 철거되었고 나머지는 그대로다.

이 전도관 구역만을 깎아 내면

산등성이 따라 최소 10m의 절벽이 생긴다고

양쪽을 다 재개발하기로 했다고 한다.

일주일에 서너 번 그 고개를 넘나들면서

그러니까 이 고개가 소들이 짐을 싣고
날랐다는 고개 맞아? 그래서
우각로라 한다고 들었다. 우각,
쇠뿔, 소는 왜 뿔을 가지고 있을까?
그걸 왜 자기 동족들에게만 들이밀까?
소처럼 순하면 안 되! 절대 안 되지!
순한 사람들 떠밀려 나간 이 땅에
집을 사 들어오는 사람들,
그들도 순하디 순한 사람들일까?
순하디 순한 것과, 순한 것은 다르지.
입주할 사람들은 외양간에 들어가는 거 아닌가?
소를 도살할 때는 물을 잔뜩 뿌리고
전기를 방전시키면 짧은 비명을 남기고
죽어버린다. 아파트는 최신형 사육장인지도 모른다.

이발관 대 미장원

송림동 일대 재개발 지역에는
이발관 간판보다 미장원 간판이 더 많다.
재미있는 사실은 이발관은 단 하나만 살아남고
미장원은 여럿이 살아남았다는 것이다.
이발비보다는 미용비가 더 많지 않나?
나는 이 이유를 이와 미의 차이에서 본다.
이는 그냥 이지만, 미는 아름다울 미 자이다.
미장원이 들어갔다 나오면 아름다워진다.
이발관이 들어갔다가 나오면?
아름다워질 필요까지야 있겠나? 싶다.
나는 그녀를 만날 때 항상
예쁘게 하고 나오라고 문자를 한다.
어디 멀리 갈 것도 없이
이유는 거기에 있는 것이다.
이발관은 다 망했어도
미장원은 살아남은 이유, 그것은
내가 그녀를 만날 때마다
예쁘게 하고 만나자고 하기 때문이다.

나의 그녀는 예쁘다.
당신의 그녀도 예쁘다. 비록
칠순이 다 되어가지만 사랑은
나이를 모르는 것이다.

창조주 위에 건물주

성경에 그렇게 써 있다는 거야.

일하지 않는 사람은 먹지도 말라고.

건물주는 창조주 위에 있다는 걸 몰라서 하는 말이
냐?

건물주는 평생을 놀고먹을 수가 있어.

고린도후서 5장인가?

"우리의 장막 집 무너지면 하나님께서 지은 집 곧 손
으로 지으신

것이 아니요 하늘에 있는 집이 우리에게 있는 줄 아
나니,"

영문으로 장막은 텐트(Tent)이고 영원한 집은 빌딩
(Building)이라며

하늘나라에 가면 건물주가 된다고 하는 사람도 있다.

그 건물은 월세를 받아먹을 수나 있겠나?

건물에다 술 먹고 마시는 집 스트립쇼 장을 연다면?

아무리 보아도 창조주 위에 건물주가 있지

건물주 위에 창조주가 있을 수가 있나?

하늘을 통째로 전세 내신 하느님께

내 건물 빈칸 전세로 줄 테니
들어와 한 달쯤만 살아보시라고 권해봅니다.
아니 굳이 그럴 필요가 없겠습니다.
교회가 이미 세를 들어 있으니까요.
교회 목사도 일은 하지 않지만
끼니때마다 기름진 밥만 먹는답니다.
내 건물과 바벨탑은 구조부터가 달라요!

재개발을 하더라도

내가 살던 집 아래 그 길 골목에 있는
대문 양옆 담벼락에 예쁜 그림 그려진 그 집
영화 촬영 엄청 많이 한 그 집 그 골목은 좀, 좀
그대로 보존할 방법이 없을까?
더하여 계단이 마천루처럼 뻗어 올라간
내가 전세 들어 살던 집도,
그래도 시 쓴다고 하는 사람이 살았다고
선전 간판 걸어놓아 보존했으면 좋겠다.
이런 식으로 생각하면 골목마다 고유하고
정들었으니 보존해야 된다는 생각이다.
굽어드는 골목길을 들여다보려
모가지를 길게 빼고 머리를 골목으로
넣어 본다. 거기서 아장아장 어린 아기라도 걸어 나
올 것 같아
　들여다볼수록 적막과 고요가 뭉게뭉게 피어오르는
골목들
　송림동을 위에서 보면 전자회로와 회로에 연결된
칩들

이젠 전원도 없이 녹슬어 가는 기판 같아 보인다.

재개발을 하더라도 보존할 것은 보존하고

살릴 것은 살려야 하지 않는가?

쓰레기 수거 거부

이 쓰레기는 다음과 같은 사유로
수거를 거부합니다.

1. 생활쓰레기 종량제 규격 봉투 미사용
2. 생활쓰레기 음식물류 폐기물 혼합 배출
3. 재활용품 품목별 분리 배출 미이행
4. 쓰레기별 배출 요일 및 시간 미준수
5. 생활쓰레기 문전 배출 미준수

이 쓰레기를 적법 배출치 않을 시 폐기물 관리법 및
인천광역시 동구 폐기물 관리에 관한 조례에 의거
불법 투기로 간주하여 --를 부과합니다.

인천 광역시 동구청장
문의 청소과 전화 730-6410~6416

이상한 것은 이 경고장이 비닐로 돼 있고
비에 젖지도 않아 상시 붙어 있다는 것이다.

상시에 쓰레기를 버리기 때문인데,

쓰레기를 몰래 버리는 것은 도둑놈 취급하고 있다.

무슨 사용 가능한 상이나 의자를 버리면

잽싸게 누가 주워 간다. 쓰레기를 치워준다.

이건 엄밀히 말하자면, 도둑질이 미수에 그쳤다는 것

미수에 그친 도둑질을 들켰다는 것이다.

좌우간에 쓰레기도 들키지 말고 잘 버려야 한다.

잘못 버리면 망신당한다. 무슨

귀한 것이라면 아무 데나 버려도 되지만,

쓰레기만큼은 소중하게 잘 버리자.

그래야 문화인이고 자유민주주의 시민이다.

이사 비용을 받다

주인 할머니가 무슨 종이 한 장을 주면서
조합 사무실에서 이사 비용 받으라고 하신다.
이사 비용 많이 나와요?
꽤 솔찬히 나올 거요. 주인 할머니 도장 찍히고
내 세 들어 사는 주소와 소유주 평수가 적혀 있는
그걸 가지고 조합 사무실에 주며 물어보니
이사 비용이 110만 원 정도 나올 거라고 한다
와우! 많다. 땡잡았다.
그나저나 언제 이사할 겁니까?
언제까지 이사해야 합니까?
내년 4월까지입니다. 그래요.
이사 가는 가구가 많기 때문에
주변 전세가 오를 겁니다. 그러니,
오르기 전에 얻으세요! 아 그래요
허종식 청장이 전부 다 한꺼번에
재개발을 허가해 버려서 난리예요, 지금.
조금씩 조금씩 해줘야 하는데
그렇다면 차분히 일찍 아파트를 사야겠다.

나는 바로 맞은편 미추홀구 그러니까

우각로를 중심으로 도원역 쪽은 전도관 구역

그 맞은편이 내가 사는 금송 구역이다.

나는 미추홀구 숭의동에 있는

15평짜리 1인용 아파트를 샀다.

한국에서는 부동산이 서민들의 돈벌이 수단이다

아파트를 무조건 사야 한다.

살다 보면 오르게 되어 있다.

작년 11월 15일 입주했는데

작은 아파트라 일인 가구가 많고 많아

찾는 사람들이 많다고 벌써

2000만 원이나 올랐다.

이사 비용 받고 이사하길 정말 잘했다

보유세

미국의 주택보유세는 높은 편이라고 한다.

회계사인 내 동생의 말에 의하면

미국에서 탈세는 살인 혐의로 다스린다고 한다.

한국에서는 보유세를 올리면

집을 가진 사람도 반대를 하고

집을 가지지 못한 사람도 반대를 한다.

자신도 집을 가질 수 있다고 생각해서인데,

그게 거의 환상이라는 것이다.

임대인이 보유세 1% 늘면 증가분의 30%를

전세 보증금에 전가한다는 생각

반대로 생각해서 보유세 낮추어 주면 전월세 깎아

줄까?

내 생각은 대학에 부동산학과를 설치하여

부동산에 대하여 가르치면 어떨까 한다.

돈에 대하여 가르치자. 어렸을 때부터

앞으로 한국에서 집값을 잡을 수 있는 정책이

나올 수는 없을 것이다. 국민들이 전부

부동산 투기의 달인이 된 지금에야

그런 정책이 나온다고 한들 힘을 못 쓸 것이다.

지난번 선거에서 유주택자의 반이 진보를

무주택자의 반이 보수를 지지했다.

정치에 대한 의사 결정의 기본은

금전적 이익에 기반해 있다.

집값이 떨어지고 안정되면 무주택자에게 이익인데,

무주택자들은 그렇게 생각하지 않는다.

집값이 올라서 이익 있는 사람은 집이 두 채 이상인

사람이다.

대한민국도 싱가포르처럼 국가가 토지를 소유하여

무주택자들을 위한 좋은 정책을 편다면 좋겠다.

그럴 수가 없다면 보유세를 올려서 다주택 소유를

차단하고

주택을 팔도록 유인하는 정책도 좋을 것 같다.

가만, 내 아파트는 18평짜리인데

보유세가 얼마나 될런가? 세금은 일단

트라우마로 작용한다.

부동산에 미친 국민

내 애기를 해보겠다.

나는 노동을 하던 중 부천 원종동 주공아파트
14.9평짜리를 4300만 원에 샀다.

그때가 1990년쯤이다.

2011년부터 일을 인천제철로 나가고 있었다.

차를 몰아 출근해봤자 주차할 곳이 없었다.

당시 내 차는 경차 현대 아토스였다. 출근을
위해 유치원 선생이던 아줌마로부터 샀다.

2015년 나는 그 아파트를 2억1200만 원에 팔았다.

내 인생에 최대의 금액을 만져보았다.

그 돈 그대로 저축해 두고 인천 송림동
산꼭대기에 4000만 원 전세를 살았다.

그곳에 살게 된 이유는 시골 같다는 것과,
어린이가 많다는 것이다. 거기 살 때가 행복했다.

6년여 세월 후에 그 어린이들 다 장성하여
이사를 가고 청년이 되니 어린이가 보이지 않았다.

재개발 바람이 불어닥쳤다.

나는 맞은편 숭의동으로 아파트를 사서 이사를 했다.

18평짜리 전용면적 15평의 서민 아파트이다.

그런데 이게 1년도 안 되어 무려 2000만 원이나 올랐다.

평수가 작아서 단독가구가 많아 오른다는 것이다.

나도 엉겁결에 부동산 투기를 한 셈이다.

아파트가 없었다면 나는 지금도 가난할 것이다.

대한민국에서 아파트는 서민들의 돈 버는 수단이다.

무조건하고 아파트를 사라! 사되 1억 안으로 사라.

그러면 반드시 오른다는 것이다.

대한민국에서는 부동산에 미칠 수밖에 없다.

지금 내가 살던 송림동은 텅 비어 있다.

언제 재개발될지 알 수 없다.

저 공터엔 잡초가 무성하다.

이것은 우리의 땅이니 제발 덕분에 인간들아

재개발 재건축하지 마라 내지르는 소리가 푸르다.

계단들

송림동은 계단으로 이루어져 있다.

방 앞에도 계단이 있고, 그 계단은 방 뒤로 이어진다.

가파르게 치닫는 계단을 오르고 내리며

깎여 나갔을 무릎들. 이 계단은 역설적이다.

맨 밑의 계단이 맨 위의 계단보다 등급이 높다.

그 등급을 따라 집의 가격이 다르다.

저 위에서 밑으로 내려와

시금치나 대파 한 단 사 들고

오르기도 웬만한 일은 아니겠다.

경사가 50도 가까운 계단도 많이 있다.

이 가파른 계단을 아이들은 다다다다

신나게 뛰어다니고, 어른들은 조심조심

나는 자전거를 타는 아이들을 보면 신이 나는데

이런 계단을 뛰어오르는 아이들을 보면 어떨까?

아마 흉내를 내 보다가 지치고 말겠지?

그럼 대파 시금치 심부름은 꼬마들이 했을까?

심부름 값을 톡톡히 받았을까?

송림동 언덕에 부스럼처럼 돋아난 계단들

얼마 안 지나면 포클레인이

그 강철 혀를 놀려 다 핥아먹을 것이다.

포클레인의 식성은 엄청난 것이다.

계단으로 만들어진 송림동이 사라져 간다.

재개발 깃발 아래 짓이겨지는 송림동.

몇 년 뒤면 으리으리한 아파트가

거만하게 버티고 있을 것이다.

계단은 화려하게 부활할 것이다.

도원피아노

도원피아노는 최근까지도 아이들이
드나들었던 곳이다. 꽤나 많이
재개발 바람은 눈이 멀어서 와서는
대중없이 쓸어버리고 처박아 둔다.
그래도 사람 사는 양 웃음이 피어나던
도원피아노학원, 너무 조용하다.
가만히 다가서서 문을 흔들어 본다.
참 귀한 보기 드문 아이들이 하나
둘도 아니고 여나문이나 모여
가갸거겨고교구규
아야어여오요우유
목소리가 굴러다니던 곳인데,
쥐죽은 듯 고요하지 않고,
사람 죽은 듯 고요하다.
재개발 바람이 발라먹었다.
그 바람에 아구창에
다달이 천만 원이나 되는 월급을
받아먹었다는 조합장이나 넣어 줄까?

그거 말고는 딱히 먹일 만한 것이 없다.
자본주의 사회에서 개인의 재산을 강제로
수용하여 건설사 배를 채우는 일이
아무리 생각해도 멋져 보이지를 않는다.
사람들 떠난 지 2년째 접어드는 지금
금송 구역은 집 한 채도 철거되지 않고
그대로 있다. 고양이만 떠나지 못하고
어슬렁어슬렁 동네를, 순경이 야경
돌 듯이 야옹야옹 골목마다 순찰 중이다.

경고문

"이 건물은 재개발 사업으로 인해 금송 구역 재개발 정비 사업 조합으로

소유권에 대한 권리가 이전된 바 범죄 예방 업체인 ㈜엔이티 건설이 관리

하고 있습니다. 만일 건물 내 침입시 형법 제319조 제1항 (사람의 주거

관리하는 건물 또는 점유하는 방실에 침입하는 자는 3년 이하의 징역

또는 500만 원 이하의 벌금에 처한다.)에 의거 고발 조치함을 명시

하오니 이 점 유의하여 불상사가 없길 바랍니다."

위 경고장은 착 달라붙는 비닐로 되어 있고, 경고장이 붙어야

재개발 확정 대상이 된다고 한다. 글쎄, 뭐 거지가 하룻밤쯤

따고 아니면 부수고 들어가 잠 좀 잔다기로서니, 그

게 무슨

대수인가 싶은 것이다. 부엌문을 열어보면 어떤 집은 가스보일러가

멀쩡하게 달려 있다. 그거 뜯어다가 팔면 10만 원은 받는다.

이미 나는 참 이쁜 화분 두 개를 쌔비해 두었지만, 그런 거는 쓰레기

치워주는 것밖에 안 된다. 가구도 멀쩡한 것이 있고, 자전거, 그릇은

그 수를 헤아리기 불가하다. 화분에 열리는 가지 고추 깻잎은

말할 것도 없고 지금은 7월 대추가 익어가고 있다.

어디 그뿐인가? 좀 귀하다는 모과도 익어가고 있다.

올해는 누가 따 가기 전에 나에게 기회가 왔으면 좋겠다.

차마, 이 대추 한 알도 재개발조합 재산이라고 고소하는 건 아니겠지?

그런데 열심히 따 가지고 담고 있는데, 재개발조합 사무실 사람

누가 지켜보고 있다가, 그거 압수합니다. 그렇게 나오면 글쎄,

글쎄, 아! 이런 엿 같은 경우가 다 있을까나?

해
설
─────────

공간이 시를 불러 말하길,

정우영(시인)

공간의 필법과 시

시집에 들어서는 길이 잘 잡히지 않아 원고를 몇 번씩이나 뒤적였다. 시 여기저기에 겹쳐 들어가 있는 시상과 소재들이 내가 따라가기만 하면 막힌 골목 쪽으로 날 몰아세웠다. 이런 낭패스러움에 처해 보기도 오랜만이다 싶을 때, 그야말로 '골목들'이 떠올라왔다. 아, 이런. 그제서야 나는 깨달았다. 골목 쪽으로 나를 몰아세운 게 아니라, 그 골목을 보라는 뜻이었구나 하고.

골목을 보자니 그가 보인다. 송림동. 이 시의 주된 공간이 되는 송림동은 단순히 배경 노릇을 하고 싶어 하지 않았던 것이다. 공간 스스로 시의 주체로 서고자 하는 의지가 강했다. 그러니 헤맬 수밖에. 여기에 씌어진 시들의 중

심은 시를 적는 시인이 아니라, 그때 그 공간과 그 공간이 이끌어낸 시간들이다. 심하게 말하면 시인은 그 공간(여기서는 송림동)이 불러들인 기록자에 불과하다. 따라서 묘사나 비유, 이런 시적 기술이 별 필요가 없다. 충실하게 공간이 일러주는 대로 적어가면 되는 것이다. 이처럼 공간의 간절한 증언이 더 중요한 까닭에 문학성, 작품성, 이런 가치는 부차적이다. 당연하게도 시를 쓸 때 동원되는 그 모든 장치나 화자의 시점, 작품의 길이 같은 것도 하등 문제될 게 없다. 진술이든 주절거림이든 뭐든 다 허용된다. 시인은 단지, 공간이 말하고 공간이 사유하고 공간이 적어가는 역사들을 추종하기만 하면 된다는 듯. 일종의 공간 유도에 따른 의식의 흐름 수법이라고 할까.

그래서일 것이다. 최종천의 이번 시집에서는 그 필법이 아주 자유롭다. 의식이 대상을 휘젓고 다니는 게 아니라, 공간이 시인의 의식을 끌고 이리저리 운용하는 것처럼 보인다. 나는 이를 '공간의 필법'이라 해석한다. 6년간을 살아낸 한 공간이 시인 최종천을 끌어들여 자기 존재감을 증언하라며 그 제약을 풀어버린.

사정이 이러한 까닭에 이 시집에서 최종천의 개체적 삶의 이력은 뒷전이다. 그의 시선과 사유는 저 공간이 요구하는 대로 흘러갈 따름이다. 이런 행로를 무엇이라 불러야 하나. 객관 주체의 요청에 따른 사동(使動)적 기록물이라고 해야 하나. 그 형식이 무엇이든 간에 이 시집은 이와 같은 요상한 몸피를 두르고 시적인 행보를 펼친다. 그러기에 물상들은 자주 겹치고 심심찮게 이중플레이에 나서는 것이다. 이 다채로운 공간의 이동선 때문에 나는 시의 길을 심심찮게 놓쳤던 것이고. 그러다가 "시의 주체는 나야, 공간!" 하고 '퍼뜩' 그가 나를 깨우쳐 줌으로써 비로소 내 글머리는 시작되었다.

이렇게만 쓰고 말면 시인 최종천은 그럼 껍데기란 말인가, 하는 생각이 들 것이다. 그럴 리가. 공간에게 시의 주체를 내주었음에도 그는 졸아들지 않는다. 그는 흔연히, 혹은 의식하지도 않은 채 이와 같은 시의 상태를 받아들여 쓴다. 나는 바로 이 지점이 최종천 시의 포용이라 여긴다. 공간에게 부림을 당하든 그렇지 않든 간에 시는 그의 마음을 거쳐 세상에 나오는 것이다. 그런데 그는 이 마음을 들키는 것에 아무런 거리낌이 없다. 시가 들고나는 마음을 그는 늘 비워두고 있는 것이다.

요즘 일단의 젊은 시인들은 자기의 마음을 안 들키려기를 쓰는 것처럼 비친다. 그는 시 속에 자기 마음 하나만 들였기 때문이다. 반면에 좋은 시는, 마음을 자꾸 들킨다. 들키면 들킬수록 마음이 생성되는 까닭이다. 내 마음, 네 마음, 그 마음이 다 들어 있어서 그들이 서로 교감하며 숱한 마음들을 만들어낸다. 시의 마음은 그런 것이다. 하나가 아니다. 결코. 그런 점에서 나는 최종천의 이 마음 들키기가 몹시 고맙다.

최종천의 이번 시집은 그런 점에서 특별하다. 스스럼없이 공간을 받아들였을 뿐만 아니라, 마음마저 홀딱 펼쳐놓는다. 숨기는 게 없다. 너무나 환히 자기 마음을 들키고자 하는 까닭에 더 부담스럽게 여겨질 만큼. 숨겨진 마음을 찾아내는 것도 시 읽기의 오묘한 재미인데, 이번 시집은 그와 같은 기대는 버려야 한다. '시인의 말'에서 최종천은 이 시집에 대해 이렇게 쓴다. "사는 동안 정들었던 사물과 사람들에 대한 기록이다. 여기에 거대담론은 없다. 소박한 시집이다. 시는 생활에 복무할 때 가장 좋다"고. "시는 생활에 복무할 때 가장 좋다."니. 스스로 공간에게 그 자신을 내어줬음을 익히 안다는 뜻인가. 만일 그렇다면 그는 얼마나 갸륵한, '시의 마음씨'를 가진 시인이란 말인가.

공간의 부름

공간이 주로 불러낸 시편들을 정리하면 송림동, 골목들, 전도관, 고양이들, 사물들로 크게 나눌 수 있다. 문제는, 이들이 공간의 요구에 따라서 심심찮게 섞인다는 점이다. 시인이 의식하는지 어쩌는지 알 수는 없지만, 이렇게 되면 작품 자체의 무게감이 떨어지게 된다. 유기적인 밀도와 짜임새 있는 연출을 기도하기 어렵기 때문이다. 그럼에도 공간은 계속해서 시인을 몰아붙인다. 이 작품만으로는 미흡해, 저기에도 끼워 넣고, 하는 듯이. 처음에는 나도 이런 점들이 살짝 거슬렸으나 공간의 필법으로 들여다보면 해명이 된다. 예컨대 '전도관'의 시들 같은 경우가 그러한데, 한 편으로는 다 채우지 못할 전도관의 면모와 연대기가 서로 슬몃슬몃 섞여드는 것이다.

자, 그럼 전모를 담고 있다고 여겨지는 송림동 시편부터 차근차근 둘러보기로 하자.

1) 송림동이 시를 불러

송림동이 시인을 불러 자신을 드러낸 첫 번째 작품으로 나는 「6년이나 살았는데」를 꼽는다. 이 시는, 송림동이 어떤 곳이었는지 그 정체성을 드러내는 한편, 송림동 같은 곳이 왜 재개발로 사라져선 안 되는지를 일깨워준다. 최종천을 통해 송림동은 다음과 같이 털어놓는 것이다.

> 5년이라면 또 몰라, 잊을 수도 있지
> 무려 6년이나 살았던 동네를

포클레인의 이빨이 아삭아삭 식감도 좋은지

게걸스럽게 처먹고 있다.

허물어뜨리는 것도 아니고

그냥 베어먹고 있다.

청솔아트빌 주차장 한 귀퉁이

그 넓은 평상에 둘러앉아 목에 핏대 세우다가도

언제 그랬냐는 듯 깔깔 웃던 할머니들도

그 쭈글탱이 손에 쥐어지던 꼬맹이들의 손목도 눈동자도

이젠 모두 흩어져버렸다.

아! 할머니들 뭐가 그리 좋으세요!

뭐, 좋은 게 따로 있을라고!

젊은 아저씨도 한 축 끼어 봐!

서로 얼굴 쳐들고 양껏 웃던 그 할머니들

이제 아파트 한 채씩 받아서 그 방에 들어앉아,

혹 우시게 되는 거 아닐까?

옛날에 우리 아버지가 서울서 보름 계시다가

자식은 자식대로 며느리는 며느리대로 직장 나가고

손주는 손주대로 취미도 다르고 할 일이 있어

말동무 없는 서울이 지옥 같다고

시골로 줄행랑치셨다.

하지만 또 모르지, 도시 생활에 맛들였다면

어찌들, 건강히들 사시겠지

그렇게 생각해본다.

무려 6년 동안이나 살았으니까.

—「6년이나 살았는데」 전문

최종천은 자기가 살았다고 여길 테지만, 원, 천만에. 공간이 그를 살게 한 것이다. 그러고 난 뒤 송림동은 자신이 어떻게 스러져가는지를 그로 하여금 기록하게 한다. 나는 이 부분에서 공간의 필법을 생생하게 느꼈는데, 송림동 개발 현장이 마치 포식자에게 물어뜯기는 초식 동물처럼 그려진 것이다. "포클레인의 이빨이 아삭아삭 식감도 좋은지/ 게걸스럽게 처먹고 있"으며 "허물어뜨리는 것도 아니고/ 그냥 베어먹고 있다." 어떤가, 이 부분. 감정이입이 깊숙이 배어들어 내 몸의 살점이 베어지고 뜯겨나가는 것처럼 느껴지지 않는가.

내게는 허물어지고 파헤쳐지는 송림동의 분노가 시퍼렇게 이글거리는 것처럼 다가왔다. 왜 아니겠는가. "청솔 아트빌 주차장 한 귀퉁이/ 그 넓은 평상에 둘러앉아 목에 핏대 세우다가도/ 언제 그랬냐는 듯 깔깔 웃던 할머니들도", "그 쭈글탱이 손에 쥐어지던 꼬맹이들의 손목도 눈동자도/ 이젠 모두 흩어져버렸다." 다시 회복할 수 없는 것이다. "서로 얼굴 쳐들고 양껏 웃던 그 할머니들" "이제 아파트 한 채씩 받아서 그 방에 들어앉아,/ 혹 우시게 되

는 거 아닐까" 싶은 것이다. "말동무 없는 서울이 지옥 같
다고". 그러니 이 삶들 다 껴안고 살던 송림동이 어찌 가
만히 있을 수 있으리. 이렇듯 시인을 불러 공간의 분노라
도 새겨 놓을 수밖에. 하지만, 나는 이 분노보다도 다음에
이어지는 체념이 더 아프다. "하지만 또 모르지, 도시 생
활에 맛들였다면/ 어찌들, 건강히들 사시겠지" 하는. 도
저히 그럴 것 같지 않지만, 그렇게라도 위안 삼으려 하는
송림동의 허탈한 체념과 포기가 쓰리고 아리다.

　공간의 필법을 떠올리며 이 시에서 내가 주목하는 부
분은, "포클레인의 이빨"과 그 포식성이다. 포클레인의
이빨과 포식성이야말로 끔찍하고 무자비한 자본주의 약
탈의 상징 아닌가. 송림동은 자기를 대상화하여 재개발
이란 이름의 침탈을 이렇게 고발하고 있는 것이다. 이와
같은 포클레인의 식성은 이 작품에만 한정되지 않는다.
시집 곳곳에서 변주된다.

　시 「가스 메타」에서는, "사람이야 발이 달려서 스스로
철거한다지만/ 텅 빈 집채는 그런 말이 통하지 않는다./
그냥 포클레인 혀로 핥아먹으면/ 아이스크림처럼 녹아
내리는 집이다"라고 쓰는데, 에이리언 같은 포클레인의
육식성이 섬뜩하다. 시 「계단들」에서도 포클레인은 강력
하다. "송림동 언덕에 부스럼처럼 돋아난 계단들/ 얼마
안 지나면 포클레인이/ 그 강철 혀를 놀려 다 핥아먹을

것"이라고 예감하면서, "포클레인의 식성은 엄청난 것이다./ 계단으로 만들어진 송림동이 사라져 간다"라고 한탄한다. 그러고는, "재개발 깃발 아래 짓이겨지는 송림동"이라고 쓴다. "몇 년 뒤면 으리으리한 아파트가" 여기에 "거만하게 버티고 있을 것"이니.

위의 시들에서는 송림동이 보다 직접적으로 자신을 드러낸 데 비해, 시 「이런 개 같은 경우가」에서는 시인의 입을 통해 하고 싶은 말을 전한다.

> 등나무도 이사 가기 싫다고
> 시멘트 기둥을 감아 오르고 있다.
> 이 많은 나무들을 다 어찌할 셈인지?
> 주택이야 부숴버린다지만
> 사실 땅은 본래 나무들의 소유가 아닌가?
> 재개발 사업은 이 엄중한 사실을 외면하고
> 밀어붙이는 일종의 이런 개 같은 경우에
> 해당되는 경우인 것 같다.
>
> ―「이런 개 같은 경우가」 부분

재개발에서 가장 안타까운 것 중 하나가 살아 있는 식물들의 몰살이다. "등나무도 이사 가기 싫다고/ 시멘트 기둥을 감아 오르고 있"는데, 이는 그저 어리광에 불과하다.

가차없이 베고 뽑아버린다. 개발론자들이 보기에는 거추장스러운 쓰레기나 폐기물에 불과한 것이다. 시인은, "이 많은 나무들을 다 어찌할 셈인지?" 하고 묻지만, 답은 정해져 있다. 아무것도 살려두지 않는다. 아파트는 그러한 황폐 속에서 꾸물꾸물 하늘로 올라간다. "사실 땅은 본래 나무들의 소유가 아닌가?"라고 항의하는 것은 어리석다. 지금 여기의 가진 자들에게 땅은, 자본주의의 소유이다.

2) 골목이 골목을 물고

이 시집을 '최종천의 송림동 시편'이라고 정리할 때, 그 주요 지분 중 하나가 골목들이다. 이 시집에서 '골목들'은 그저 단순한 골목이 아니라 살아 있는 물성을 가진 골목들로 그 존재감을 드러낸다. 어쩌면 송림동이라는 포괄적인 지명보다 더 할 말이 많은 데가 이 골목들 아닐까 싶기도 하다. 송림동은 어떤 형태로든 다시 살아날 수 있어도 재개발로 밀어버린 이 골목들은 영영 사라져버리는 까닭이다.

송림동의 골목은 특이한 점이 있다.
막다른 골목이 많고, 돌아오면 바로 그 골목
골목이 골목을 물고 놓아주지 않는

미로보다 더 미로 같은 골목은

서로의 그림자처럼 곁에 서서

같이 걸어주고 서로 어깨를 걸고 있다.

덩치 작은 못난 집끼리 서로

눈짓을 주고받으며

지금 막 들어선 이 사람 어딜 깔까?

알아맞히기라도 하는 눈치다.

이 많은 골목들과 정이 들려면

어슬렁어슬렁 걷는 강아지의

꽁무니라도 따라다닐까 보다.

골목마다에는 의자가 놓여 있고

늙으신 어른이 늙은 시간과 함께

담배를 피우시거나 졸고 있거나

세월은 할 일이 없어 늙어가고

할머니 할아버지들은 심심해서 늙는다.

강아지가 들어가면 사라지는 골목

꼬마가 들어가면 어디론가 사라지는 골목

엿장수는 들어갔다가 용케도 다시 돌아 나온다.

골목이 많은 동네는 가난한 동네.

골목이 넓고 작은 동네는 부잣집 동네.

비가 오면 골목을 따라 흐르고

사람도 골목을 따라 들고 난다.

—「골목이 골목을 물고」전문

한 동네의 문화는 골목이 만들어낸다. 집과 집, 사람과 사람을 이어주는 것은 골목이며 골목길이다. 골목이 없는 동네는 휑하고 쓸쓸하다. 골목을 놓친 아파트 단지는 그래서 허전하다. 아파트는 여럿이 함께 살아 숨 쉬는 공간이라기보다는 그저 내가 거주하는 공간에 불과하다. 더불어 함께하는 삶을 영위하기 쉽지 않다. "골목이 골목을 물고 놓아주지 않는/ 미로보다 더 미로 같은 골목"이 없기 때문이다. "서로의 그림자처럼 곁에 서서/ 같이 걸어주고 서로 어깨를 걸고 있"는 골목이 있을 때라야 비로소 사람 사이에 정이 깃들고 나눔이 싹튼다. 그런 점에서 골목은 사람과 사람 사이를 섞고 잇는 무형의 틈새이다. 때로는 느슨하고 때로는 팽팽한. 송림동을 송림동이도록 하는 게 이 골목이다. 송림동은 이들 골목과 함께 나이 들었다. 골목의 "늙으신 어른이 늙은 시간과 함께/ 담배를 피우시거나 졸고 있거나", 할머니 할아버지들이 "심심해서 늙는" 동안 송림동도 이들과 함께 늙는다.

「골목들」에 따르면, "골목도 인상이 각각이다./ 곧게 쭉 뻗은 골목은 조용하고 귀신이라도/ 나올 것 같지만 구불구불한 골목은 이야기가 있다." "저기쯤에서 꼬마 하나가 맨발로 걸어 나올 듯하고/ 혹 무슨 쓰레기라도 있으면 귀신은/ 절대로 나오지 않을 것 같아 보인다." 이에 "더하여 내놓은 화분이 두어 개 있다면/ 걸어 들어가 보고 싶"은 곳이다. 이런 게 골목이며 골목길이다. 사람의 발길을 끌어들이는 것이다.

그런데 송림동은 이와는 상당히 다른 골목길을 형성하고 있다. "송림동 골목들은 하나같이/ 계단을 하고 있"는 것이다. "꺾인 무릎들/ 방 안에도 계단이 있고 계단은/ 다시 계단으로 이어진다." 요컨대 주요 골목이 계단으로 이루어져 있다. 가파른 삶의 곡절 많은 계단 같은 골목길이다. "인생을 한 단계 한 단계 오르다/ 미끄러지거나 추락한 사람들이/ 마치 살구가 먹을 사람이 없어 떨어져/ 옹기종기 모이듯이" 그렇게 집들이 모여 있다. 마치 "하늘도 굽어보는 산동네" 같다. 송림동은.

그 송림동이 "위에서 보면 전자회로와 회로에 연결된 칩들/ 이젠 전원도 없이 녹슬어가는 기판 같아 보인다."(「재개발을 하더라도」) 골목길도 예전의 그 골목길이 아니다. 낡고 헐거워졌다. 그러니 싹 다 쓸어버려야 할까. 이렇게 되면 귀중한 유무형의 유산들이 한꺼번에 몰실되는데? 그때의 삶과 숨결과 일상의 무늬들이 통째로 폐기되는 게 타당한 일인가? 골목들은 최종천을 통해 이렇게 외친다. "재개발을 하더라도 보존할 것은 보존하고/ 살릴 것은 살려야 하지 않는가?"라고.

나는 골목들의 이 존재론적 질문이 실제로 관철되어야 마땅하다고 여긴다. 재개발은 이와 같은 골목들을 피해서 이뤄져야 한다고. 이 골목은 현재를 사는 우리 것만이 아니다. 미래의 세대들에게도 남겨줘야 할 유산인 것이다. 세계를 둘러보라. 우리가 만나는 문화유산 중에서 골목만큼 생생하게 지난 삶의 숨결을 전해주는 공간과 물상이 달리 뭐가 있는지. 골목이 오랫동안 살아 있던 지역은 보존되어야 한다. 재개발이라는 이름으로 골목을 망가뜨리는 짓은 미래 세대에게 가하는 현세인의 무자비한 폭력이다. 종로의 피맛골을 보라. 그 역사적인 골목들을 망가뜨리고 얻은 몇 채의 빌딩들이 후대에게 무얼 얼마나 남겨줄 것인가. 수백 년 역사의 숨결이 개발 논리로 죽어버렸다. 다시 지은 빌딩 사이에 '피맛골'이란 간판을 붙여 놓는다고 해서 그 골목의 애환과 전통이 되살아나는가. 없애기는 쉬워도 되살리긴 어렵다. 이것이 송림동의 골목들이 최종천을 빌어 우리에게 전하는 메시지가 아닐까.

3) 전도관 이야기

송림동에는 특이하게도 마을 꼭대기쯤에 전도관이 자

리 잡고 있었던 모양이다. 그래서 그런지 이 시집에는 전도관에 관한 시들이 여러 편 실려 있다. 아마도 전도관이 송림동의 상징적인 구조물이자, 영광과 몰락의 역사물로 기능했기 때문일 것이다.

> 전도관은 송림동 맨 꼭대기 정상에 있다.
> 그 아래 비탈을 타면 예수가
> 십자가를 지고 올랐을 골고다 언덕 같은 언덕이 있다.
> 전도관이 자리한 곳은 예수가 십자가에 못 박힌 채
> 두 명의 강도와 같이 처형당하던 곳에 해당된다.
> 그러나 송림동은 결코 가난한 동네는 아니다.
> 그 근거는 가지고 있는 차들이 나의 경차보다 더 크기 때문.
> 겨울이 되면 가끔 학생들이
> 연탄을 날라다 주는 가스 배관이 들어가지 않은 집
> 저녁 늦게 이 언덕을 오르면 희미한 불빛들이
> 창을 통해 나를 힐긋힐긋 바라다보고는
> 무심하게 꺼지던 언덕
> 그 늦은 저녁에 나는 이 언덕이 골고다 언덕 같다고 생각
> 했다.
>
> —「전도관」 부분

송림동의 이미지를 그린다고 할 때 사람들은 일단 저

전도관부터 떠올리지 않았을까. 시선은 하늘과 맞닿은 저 전도관을 따라 내려가 송림동 아랫마을까지 죽 이어졌을 것이다. 그런 점에서 전도관의 성쇠는 송림동 영욕의 축약 판이라 할 수도 있을 것 같다. 그러나 이 전도관이 애초부터 전도관 건물로 지어진 것은 아니었다고 한다. 이 건물의 맨 처음 용도는 가정집이었다. 인천 철도 부설과 연관 있는 알랭 신부의 집으로 건설되었다는 것이다. 그랬던 건물이 시대를 따라 용도가 바뀌어 전도관도 되고 일본인의 관사로도 쓰이다가 "지금은 예술가들의 공동 작업장이 되었다." "지난날에 복음을 전파하던 전도관은 이제/ 예술가들이 아름다움을 전파하는 곳이 되어 있다."(「송림동 전도관」) 그런데 왜 그곳이 전도관으로 쓰였을까. 작품 안에 답이 되는 내용이 들어 있다.

"숭의동 박문아파트 뒤창으로 보면 전도관은/ 성처럼 보인다. 높은 벽으로 둘러쳐 있고/ 그 아래 경사진 비탈길 양쪽으로 가난한 작은 집들이/ 땅에 꿇어앉아 경배하는 모양새를 하고 있다"고. 경건한 생각이 절로 들 수밖에 없는 구조이다. 게다가 높은 곳에 있으므로 아랫동네 사람들이 거길 정점으로 모여들기에도 좋다. 다양한 골목길의 끝이 전도관을 향해 열려 있었을 것이다. 최종천은 "전도관을 나와 비탈길 아래를 타면/ 인천세무서 도원역으로" 이어지는 이 길을, "골고다 언덕이라고 이름" 짓는다. "예수의 십자가 고행을 생각한 것은/ 그 전도관"이 거기에 있었기 때문이다. 전도관으로 향하는 이 길이 사람들을 종교적으로 인도하기에 좋은 입지가 아니었을까 싶다.

송림동서 퇴출당해 지금 내가 살고 있는
숭의동 박문아파트 뒤창으로 보면 전도관은
성처럼 보인다. 높은 벽으로 둘러 쳐 있고
그 아래 경사진 비탈길 양쪽으로 가난한 작은 집들이
땅에 꿇어앉아 경배하는 모양새를 하고 있다.
쓱— 보면 경건한 생각이 절로 드는 것이다.
지금은 전도관의 종은 더 이상 울리지 않는다.
비탈의 작은 집들을 내려다보면서
무슨 복음을 전파했을까?

한때 일본인의 관사로 쓰이다가
지금은 예술가들의 공동 작업장이 되었다고 한다.
지난날에 복음을 전파하던 전도관은 이제
예술가들이 아름다움을 전파하는 곳이 되어 있다.
재개발이 되면 예술가들은 어디로
산산이 흩어질까?
전도관의 역사를 소개하는 팻말이라도 세워야 되겠다.

전도관을 나와 비탈길 아래를 타면

인천세무서 도원역으로 길이 이어진다.

이 길을 나는 골고다 언덕이라고 이름 지었는데,

예수의 십자가 고행을 생각한 것은

그 전도관 때문이었다. 그 중턱쯤에

벽에 새겨진 듯한 계단이 박혀 있고

계단 끝에 무너지고 있는 집이 한 채 있다.

그 집을 나는 성모 마리아의 거처라고 생각했다.

그 집은 내가 살던 6년 내내

무너지고만 있었지,

이제 포클레인의 입에 먹힐 것이다.

　　　　　　　　　　　　　　—「송림동 전도관」전문

　마침 얼마 전 나도 그곳 송림동 헌책방 거리에서 행사가 있어 갔다가 이곳을 걸어보았다. 재개발 공사가 한창이고 전도관이 있던 곳도 다 헐린데다가 지형이 변해 버려서 골고다 언덕이라는 느낌을 찾긴 어려웠다. 다만, 그가 예언한 대로 공사하느라 둘러쳐진 장벽 저 너머에서 "포클레인의 입에" 잡아먹히며 내지르는 전도관 터의 신음을 환청으로 들었다.

　시 「전도관 이야기」에 보면 "그 덩치 큰 전도관이 헐리

는 데는 단 하루도/ 채 걸리지 않았다"고 한다. "하루도
채 안 돼" "전도관은 쓰레기가" 된 것이다. "송림동 산의
정상에 들어앉아/ 아래를 내려다보며 때로는 복음을 전
파하고/ 때로는 백성을 단죄하기도 했을 전도관"이 "잡
초가 무성한 공터"로 바뀌었는데 최종천은 "이 공터가 기
막히게 좋다"고 한다. 역설이다. 이어서 그는, "아파트 짓
지 말고 내내 공터 그대로 있으면/ 참, 참 좋겠다"고도 적
는데, 이것이 나는 전도관 터의 생각이며 송림동의 속마
음일 거라 짐작한다. 전도관이 뭉개져 사라지는 송림동
은, 송림동이되 더 이상 예전의 그 송림동이 아니다. 나중
에는 변해버린 자신이 스스로도 낯설어서 어리둥절하지
않을까.

4) 고양이, 고양이들

　뜻밖에도 이번 시집들에는 고양이들이 적잖게 등장한
다. 최종천도 최근 추세에 따라 반려묘족이 된 것일까. 그
보다는 사람을 따라가지 않은 고양이가 늘어났을 개연성
이 높다. 개는 무리의 동물이지만 고양이는 단독자를 즐
긴다. 자기 영역을 갖고 그 속에서 살길 원하는 깃이다.
사람과 애착 관계가 형성된 게 아니라면 고양이는 그 집
에 남는다. 송림동에서 사람들은 철수해도 고양이들은 자

기 영역을 지키는 것이다. 시 「고양이들!」에서 최종천은, "고양이가 주인이 떠난 집을 지키며/ 주위를 배회하는 것"에 대해 "고양이의 인식"이 사람과는 달리 "대상으로부터 독립되어 있지 않"기 때문이라고 말한다. 고양이는 사람과의 애착이 아니라, 물상과의 애착이 더 강한 동물인 모양이다. 그렇다면 우리는 이제, 공간이 왜 고양이를 남겨 최종천에게 시를 짓게 하는지도 이해할 수 있게 된다. 이를테면 버려지는 공간의 표상으로 고양이가 등장하는 것이다.

> 우각로 99번길 28 녹색 철대문 앞
> 까만 바탕에 하얀 점이 두 개 박힌 고양이가
> 골목을 배회하다가는 그 대문 앞에 배를 깔고 누워
> 허망한 눈동자를 굴려보다가는 잠들곤 한다.
> 잠자다 깨면 또 골목을 돌아보고 거기 피곤한 몸을 누이곤 한다.
> 나는 또 굳이 시인이랍시고 그 앞에 앉아
> 야, 너 혼자 남은 거야? 어떡허냐! 하고 말을 걸어본다.
> 고양이는 나를 한 번 치어다보고는 만사가 그렇다는 듯
> 인간들 하는 일이 다 그렇지 뭐! 하는 눈치라
> 만져도 가만있는 게, 인간하고 어지간히 정이 든 듯한데
> 정말 주인이 버리고 간 것일까?

전세로 세 들어 사는 집에 같이 살기 어려워서?

앞으로 이 녀석은 어떻게 될까?

그래도 고양이이니까, 아무튼 사람보다는 나을 거라고

막연하게 생각해보는 것이다.

이제 인간 따위는 잊어버리고 야생으로 돌아가기를

아주 옛날 보았던 영화, 야생의 엘자

야생을 회복한 엘자가 새끼를 낳아

그 새끼들 데리고 같이 살던 사람에게 와 안기던

아! 그 영화를 생각하고는

야생의 본능을 믿어 보는 것이다.

열흘쯤 지나가보니 녀석은 보이지 않았다.

아무튼 다시 또 인간의 손에 들어가지는 않았으리라!

—「고양이 홀로 남아」 전문

최종천이 이 시에서 "나는 또 굳이 시인이랍시고 그 앞에 앉아/ 야, 너 혼자 남은 거야? 어떡허냐! 하고" 말 건네는 장면은 예사롭지 않다. 나는 이를, 고양이 속에 들어 있는 '공간'과의 수작질로 이해한다. 이 수작질을 알아들은 듯, 고양이도 "나를 한 번 치어다보고는 만사가 그렇다는 듯/ 인간들 하는 일이 다 그렇지 뭐!" 하는 것이다. 영물이다. 그는 이 영물이 안타까워, "앞으로 이 녀석은 어떻게 될까?" 염려하다가도 이내 "고양이이니까, 아무튼 사람보다는 나을 거라고" 생각한다. 그러면서 옛날 영화 〈야생의 엘자〉를 떠올리고는 고양이가 야생의 본능을 되찾길 기대한다. 내가 보기에 이는 약간 터무니없는 비약인데, 이러한 비약이 가능해진 이유는 그가 고양이에 게서 공간의 표상을 느끼기 때문이다. 전도관 시편에서도 드러나듯이 그는, 공간의 야생을 "기막히게 좋"아하는 것이다. 고양이가 야성을 회복하여 자존하는 것, 그게 바로 공간의 야생 아니고 무엇이랴.

이밖에도, 공간의 시선은 버려진 물상과 가구들, 사라진 어린이들까지도 가 닿는데, 지면의 사정상 이쯤에서 멈춘다. 다만, 공간의 필법과는 좀 다른 결로 시인 최종천은 동네에서 어린이가 사라진 것에 대해 몹시 안타까워한다. 어떻게 생각하면 어린이는 지금 여기 삶의 목적이기도 하고 그 중심이 되는 주인공이기도 하다. 어린이가 살지 않는다는 것은 여기의 주인공이 사라졌다는 것이며 미래적 가치가 제거되었다는 것이다. 삶의 윤활유가 더 이상 원활하게 공급되지 않는다는 것이기도 하다. 어린이가 사는 동네, 어린이가 활기차게 뛰어노는 동네, 이것이 이 땅에 공간들이 존재하는 이유가 아닐까.

공간과 시절의 떨림

　이번 시집은 공간이 최종천에게 요청한 작업의 결과물이다,라고 해석할 수 있을 만큼 송림동이라는 공간과 최종천의 교감이 깊다. 6년여 동안 그는 송림동의 눈과 귀, 맥박과 숨결로 한 시절을 살았다. 자본주의 개발 논리에 의해 그 공간은 파헤쳐지고 헐려 동네는 망가지고 사람들은 떠났으나 그때 그 삶의 동력이 다 사라진 것은 아니다. 공간이 시를 불러 시인에게 이를 기록하게 했으며 중요한 기억들을 유산으로 남긴 것이다. 시가 후대에게 전하는 문화사적 의의가 여럿 있겠으나 이 시집의 첫 번째의 의의는 바로 이 지점 아닐까 싶다. 공간의 기억. 송림동이라는 지역의 한 시대 삶의 풍속도가 또렷하고 정감 있게 시들로 남아 기록된 것이다. 나는 이런 작업이 문학이 역사에 전하는 영성의 문화 구현이라 여긴다.

　그렇다고 해서 시가 이와 같은 고답적인 영역들을 담지하기 위해 씌어지는 것은 물론 아니다. 시적 재미가 담기지 않는다면, 그 시는 실패한다. 최종천은 공간에게 마음을 내어주면서도 이 점을 잊지 않는다. 시적인 너스레를 은근히 깔아놓는 것이다.

　　송림동 골목을 뒤지다 보면

제일 많은 간판이 미용실과 슈퍼다.

그 많은 곳들이 나름 잘 되던 그때

그렇게나 많았을 사람들은 다 어디로 숨은 걸까?

어느 날 나는 슈퍼들이 망한 이유를 생각하다가

드디어 알아냈다. 드디어!

내가 사는 집은 송림동 중심지 사거리 대로변에 있다.

트럭 한 대가 가계인 모든 장사치들은

반드시 여기서 차를 대 놓고 시장을 벌인다.

청솔아트빌라 주차장이 할머니들이 모이는 곳이다.

청솔아트빌라와 내가 사는 집은 붙어 있다.

트럭장사꾼들이 오면 할머니들이 달라붙게 된다.

물건 흥정보다 더 오진 말은

할머니들과 나누는 농담과 해학이다.

시 쓴다는 나는 열 번을 죽었다 깨어난다 해도

저렇게나 구성지고 맛깔 나는 말을 할 수 있을까?

거기 안 보이는 할머니 안부로 시작해서

할머니들도 만지면 안 되는 위험한 곳이 있는지,

어디를 만지고 지랄이랴 시방, 하고는

웃음이 한바탕 와자하게 퍼지며 골목을 휘돌아간다.

그런데 아저씨나 할아버지들은 통 안 보인다.

저러니 싸게 파는 슈퍼가 있다고 해 봤자

할머니들 거기 가겠는가!

난 슈퍼들의 간판을 보면서 북적거렸을
옛날을 생각하고는 망한 이유가 궁금했다.
송림동 슈퍼들이 문을 닫게 된 이유가
바로 이것이다. 말동무 해주기.

—「송림동의 슈퍼가 전부 망한 이유」전문

어떤가. 펑퍼짐하게 주저앉아 뇌까리는 듯하지만, 어쩐지 끌리지 않는가. 나는 이와 같은 끌림이 있어 공간이 최종천을 자신의 기록자로 끌어들였다고 여긴다. 어렵고 난삽하게 적어나간다면 기록의 의미가 떨어진다. 이 시집에서 그를 채우고 있는 사유들인 '성서의 창세기'와 '비트겐슈타인 철학'이 표출되지 않은 것은 그런 점에서 다행스럽다. 대신에 그는, 이 시에서 보이는 것과 같은 생활의 담론을 밑자락에 깔아두었다. 아주 생생하게, 게다가 해학적으로.

그는 묻는다. 송림동의 슈퍼가 전부 망한 이유를 아느냐고. 자본 논리나 친절, 주변에 들어선 대형마트, 이런 게 아니다. 그는 트럭장사꾼들에게 몰리는 할머니들을 살펴보면서 그 까닭을 깨우친다. "할머니들과 나누는 농담과 해학", 그 "구성지고 맛깔 나는 말"들이 답이다. "기기 안 보이는 할머니 안부로 시작해서/ 할머니들도 만지면 안 되는 위험한 곳이 있는지,/ 어디를 만지고 지랄이랴 시방,

하고는/ 웃음이 한바탕 왁자하게 퍼지며 골목을 휘돌아"
가도록 주고받는 말들. 그 "말동무 해주기." 나는 맞아, 하
고 무릎을 쳤다. 슈퍼를 송림동으로, 이땅으로 확장해보
자. 우리가 지금 당장 해야 할 일이 무엇인가. 사람들이든
동물이든 식물이든, 심지어는 무생물이라 할지라도 말동
무가 되어주는 일. 이보다 더 다정한 마음 나누기가 또 어
디 있으리. 그가 밝혀낸 공간과 시절의 떨림이 아연 생생
하다.

　공간이 최종천을 불러내 송림동의 한 시절을 의탁한
까닭이 바로 여기에 있다고 나는 생각한다. 최종천은 고
리타분하지 않다. 마음 들키는 걸 두려워하지도 않는다.
게다가 그는, 한 세계가 내게로 와 익숙해질 때까지 기다
릴 줄도 안다. 송림동으로 보면 최적의 시인을 만난 것이
다. 현대에 밀려 송림동의 근대는 저물어 가지만, 최종천
의 시들이 있어 완전히 바래진 않을 것 같다. 당장 나만
해도 익숙한 듯 낯선 이 공간에서 오랜 시간 흥겹게 머물
렀다. 공간의 필법이 공감이라는 뜻한 바를 이루었다고
감히 말할 수 있겠다.